讀書毀了我

讀書毀了我

王強

OXFORD
UNIVERSITY PRESS

牛津大學出版社隸屬牛津大學，以環球出版為志業，
弘揚大學卓於研究、博於學術、篤於教育的優良傳統
Oxford 為牛津大學出版社於英國及特定國家的註冊商標

牛津大學出版社（中國）有限公司出版
香港九龍灣宏遠街 1 號一號九龍 39 樓

ISBN: 978-988-245-246-6

10 9 8 7 6 5 4 3 2 1

牛津大學出版社在本出版物中善意提供的第三方網站連結僅供參考，
敝社不就網站內容承擔任何責任。

Published & Printed in Hong Kong

書　名　　讀書毀了我
作　者　　王　強
版　次　　2018 年第一版（精裝）
　　　　　2024 年第二版（平裝）

目　錄

序一
追求王強

沈昌文

　　王強是英語專家，才情出眾；提到所謂「追求」，大家一看，所指為何，心知肚明。不過由我這衰老不堪的老頭說出來，卻還應另有別解。對我來說，算是早已通了上海洋涇浜英語，「生髮油買來買去」六十多年前已說得滾瓜爛熟。今天雖然洋涇浜英語已經沒用，但年齡既老，也不用再去投師學藝，耗費精神來記生詞、熟語，去學會什麼牛津英語。「才情出眾」對老漢來說，只是覺得孺子可教而已，難道還要去追求？

　　但是我確實追求過他，朝思暮想，窮追不捨。那只是因為他讀書多、見識廣的緣故。

　　大約十幾年前，我已退休林下，但賊心不死，整天盯住國內外書市，看看有什麼可注意的書。這時看到署名王強的書評文字，講到一些海外奇書，為我見所未見，不禁大喜。大家知道，鄙人承任改革開放後的北京三聯書店的「第一把手」，沒有什麼招數，但又不甘心蕭規曹隨。事實上，蕭規曹隨也做不到。三聯書店的精神領袖

是鄒韜奮先生，他的出版理念是反抗社會上的種種不平。這我如何能做到？無奈之下，想到翻譯出版外國舊書。為什麼不出新書？這中間有技術問題，也有國情問題。技術問題，指的是新書要買版權，我的「生髮油買來買去」式的外語怎麼能辦得到？國情問題，是指外國當代的理論太先進，未必適合中國國情。我看過一些「郵政局派」的著作，暈頭轉向，不知所云(「郵政局派」是指post-，以我的英語，當年只知其為郵局，而不明另有所指)。於是，一頭扎進房龍(Hendrik van Loon)那裏，把他的書一本本找來，找人翻譯出版，居然部部能銷。特別是《寬容》，初印就是15萬冊。那時「文革」剛結束，大家嚮往寬容。胡適先生的容忍論當年還不許說，只能讓房龍稱霸了(這書近年來大陸至少又出了十來個譯本，奧妙何在，我就說不清了)。

外國老書，除了房龍，還有美國人富蘭克林、德國人洛克爾、奧地利人茨威格、法國人莫洛亞、英國人吉本和靄理士等等。找來找去，直到看到王強著文介紹一本洋書叫《書之愛》(*Philobiblon*)，我更加恍然大悟：世界真有高人，連這樣的書也能發掘出來！過後未久，又見此公介紹所謂「反烏托邦」三部名著。這時我對王強實在是愛之已極，千方百計打聽此公現在何方。

據說他是北大出身的，這就不難，因為北大西語系熟人太多。三找兩找，這位先生終於為我追求到手，有了見面和通信的可能。

這以後，我表面上是王強的「長者」，實際上只是他的「粉絲」。他談論書的文字，我篇篇精研。退休以後，常去國外探親，更有機會實踐他的主張——親自去舊書店踏勘。當然我的「生髮油買來買去」式英語，沒法學王強老師的樣在歐美自由旅行，閒逛書店。但紐約的書店，特別是圖書館，終於成了我的常去之地。由於身上美金不足，圖書館更成了我的「新歡」。紐約公共圖書館號稱要把自己辦成「知識大學」和「人民大學」。我一直以為這兩個詞只有在我們這裏才當得起，現在發現居然「蠻夷之邦」做得比我們還好。我這外國人，一次就能借十五本書。除了英文舊書外，我特別中意的是在那裏見到許多俄文舊書，在十月革命前出的和二十世紀90年代以後的。後來國內印出來的《歐洲風化史》三卷，以及別的收在「新世紀萬有文庫」中的書，都是那時的收穫。在美國找俄文舊書，算是我在王強的觀念引領之下自己的一個小小發明吧。至於《書之愛》，找來找去沒找到，想斗膽向王強去借，不料某天在哥大圖書館發現有這本書。我希望得到一個影本，人家居然沒問我要單位介紹

信，就給我了。以後請蕭瑗女士幫忙，我們才見到了中譯本。

在知道王強之前，我找外文舊書得施咸榮兄幫助甚多。他去美國，每次都要設法帶許多舊書回來送我（現在那些書都在，想捐給我所在單位的資料庫，居然無人領情收下）。讀了王文，我知道了自己在國外找書的門徑，就更加自由了。

我現在是老得連去美國旅行的時差都視為畏途了，許多年沒去那裏。要學到王強的全部本領，這輩子已無可能。所以，只是希望王強多寫一些，讓我這個老「粉絲」還能紙上談兵，不至於僅僅徒呼負負！

序二
謎一樣的王強

俞曉群

　　公元二〇一八年元旦，我從雜亂的書架上，取下王強《書之愛》，小三十二開本，二百餘頁，出版於千禧年一月。時隔十八年，我還能信手把它翻揀出來，捧在手中，知道為什麼？

　　因為在十八年間，它始終與一些書聚集在一起，供我日常工作和寫作時翻讀。它們都是「關於書的書」，其中包括書話、筆記、隨筆，古今中外都有。在我的觀念中，此為「知書」的一個重要門徑，歷來被愛書與藏書者看重。查理斯·蘭姆步入暮年時說：「現在我從書中得到的樂趣已經少了許多，但依然喜歡讀談書的書。」

　　王強是一位愛書成癖的人，他讚美查理斯·蘭姆的喜好，還推崇收藏家羅森巴赫的觀點：「這世界上最偉大的遊戲是愛的藝術，此後最令人愉悅的事情是書的收藏。」所以王強喜歡讀「關於書的書」，樂於寫「關於書的書」，他說：「那是愛書人關於書的情書，是閱讀者關於愛書的告白。」

此時，我取下這本小書，還有另一個原因，即彼此在愛書觀念上的相通。王強在《購書記》（1998年4月22日）文中稱，時下書話流行，但缺少「書情、書魂，有知無識，有識無趣者居多」。在王強心目中，「入流之『書話』需平心靜氣，細斟慢品而後可得。故雖落為文字，終當如飽學之士茶餘飯後之閒聊，情動於中，發為聲則如行雲如流水」。文章及此，王強僅讚賞施康強的著作：《都市的茶客》和《第二壺茶》，前者正是「脈望」策劃，即沈昌文、吳彬、趙麗雅和陸灝所編「書趣文叢」中著作。

　　對應過來，記得初見王強《書之愛》時，沈昌文讚不絕口，由此引發出許多創意。諸如讀到《文學絞架下的雄雞》，讓我們知道扎米亞京《我們》，引出「反烏托邦三部曲」的出版；讀到《書之愛》，引出理查・德・柏利《書之愛》的翻譯出版；讀到《廚煙裏的大仲馬》（二〇〇三年王強為《萬象》寫的文章，後來收入此書），勾起我們尋找大仲馬《烹飪大辭典》版本的熱情。還有二〇〇八年，我寫文章《別吵了，索引時代已經降臨》，落筆前我把王強《書之愛》找出來，認真閱讀其中的文章《關於索引》。

　　有朋友說：將來，王強的這本小書一定會成為經典，經久流傳。哪還用將來呢？在過去的

十八年間，它一直為出版者和讀者愛戀。不僅有繁體字版推出，還以《讀書毀了我》為名增訂出版，一版再版，在市場上始終保持着銷售熱度。

二〇一七年歲末，王強在微信上給我留言，他談到《讀書毀了我》又要有新版推出，回憶小書初版故事，回憶書友交流的流年碎影，回憶積年藏書的樂趣與感慨，最終他說，曉群，為那一點念舊的情緒，你能否為新版寫點什麼？

就這樣，我又取下它，再次翻讀，見到阿爾伯特·哈伯德的金句：何謂經典？就是永遠佔據着書架卻永遠不被翻讀的書。王強說，我們可以稍加改正：經典是永遠佔據着你的書架又永遠翻讀不完的書。於是，我想到那些「關於書的書」，想到幾十年來我從事出版工作，不斷找尋那些經典舊著，把他們一本本整理出來，重新印刷、獻給讀者的故事。心中篤定：王強的這本小書，歷經歲月，必然會再現那一幕「拿出來重印」的情景。

讀下去，沒想到十八年來的情緒，再一次籠罩我的身心：王強真是謎一樣的人物！初讀時我這樣想，再讀時我的感受依然如故。短短十幾萬字，到處都是關於書的伏筆與疑問。即使這些年當面交流，解開一些謎點，但還會有更多的問號湧現出來：

其一，讀王強文字，時時給人激情四射的感覺，且與尋常閱讀比較，似乎有些異樣。比如他在《巴格達之行》中寫道：「世界？一個沒有目的地的目的地，一個巴格達中的巴格達，一種慾望中的慾望，一片夢境中漸漸清晰的夢境。這就是『巴格達』所給予我們聯想的全部魅力嗎？」閱讀這樣的文字，你是否有一種跳躍的感覺？還有某種韻律在掌控着你的呼吸？最初我有些困惑，但最近有兩件事情，讓我有所感悟。一是王強在北京大學讀書時，曾任北大學生藝術團第一任團長。後來的「新東方三駕馬車」，最初正是在這裏結交：徐小平是北大團委文化部部長，藝術團的組建者；俞敏洪是王強的同班同學、好朋友，藝術團的重要觀眾，王強調侃他為了看演出，時常來「幫藝術團拉大幕」。談到藝術造詣，王強的聲音和朗讀最具天賦，後來他在新東方授課時，傾倒無數學子。再一是前些天，王強建議我編一本《伊索寓言》朗讀版，中英文對照，分別由他來朗讀。對於中文，他說要自己來重譯，使之符合朗讀的文字特點。哦，我明白了，上面那一段文字，你如果讀出聲音，就會感受到王強文字的風格所在。

其二，品王強文章，有說他西書讀得太多，譯著讀得太多，思維與文風都受影響，時而文字

有些「澀」，還有些「掉書袋」。於是問題來了，豆瓣網上竟然有數百條讀者留言，網友們問題連連，其中不乏一些極好的追問和解讀。我整理幾段如下：

這是勵志的書嗎？不是，很少見到成功人士寫這樣的書。王強翻譯過書嗎？《購書記》（1997年4月14日）：「今日始譯惠京嘉之名著《中世紀的秋天》。用芝加哥新版。」能說王強「掉書袋」嗎？一位書友寫道：「王強在一篇文章裏，掉書袋掉了那麼多次，像錢鍾書一樣。雖然幾乎要煩了，可是也不得不承認他讀書多。」為什麼許多書都沒見過、沒聽說過？因為王強談書多為外文原版書，多為藏家青睞的書，多為有趣且不落俗套的書，比如《窮理查的曆書》《左撇子》《猶太書籍年鑒》《莎士比亞筆下的動物》和《誤失類編》，讓我們感到生疏。有書友寫道：「這些書不被人提及，並不是因為不重要，而是因為這個時代，不讀書毀了太多人。」

其三，看王強選書，他把找書喻為「狩獵」。第一狩獵場是圖書館與學者文集，第二狩獵場是書店。漫步圖書館，他主張只記不借，記下書名、著者、出版商及時間。他稱學者文集為「獵書地圖」，他不喜歡有些學者「隱藏獵物的蹤跡」，那是取巧和不自信的表現；他更喜歡像

錢鍾書、周作人那樣坦誠的大學者，即使有人譏諷他們掉書袋、文抄公，但他們敢於把自己思想的軌跡昭示出來，他們的「引文」或「注腳」，正是獵書者的指南或嚮導。比如王強購買靄理士《性的心理學研究》七卷，還有理查・伯頓英譯《香園》和《天方夜譚》，都是讀《周作人文集》記下的書目。

其四，聽王強評書，評作者，評書店，評出版社，妙語極多，此處且擇幾例：陳原《書和人和我》三聯版，外封雅，插圖亦精；《生活與博物叢書》上古版，極厭惡此書題，不識貨者只當是市面流行之常識一類；「柯靈散文四卷」遠東版，柯文淡，余所素喜者；俞樾《茶香室叢抄》中華版，喜其名；楊周翰《十七世紀英國文學》北大版，其文簡而內蘊豐富，談英詩不可不讀王佐良，談英國文學史不可不讀楊周翰；鍾叔河《書前書後》海南版，文多短簡，然具韻味，顯然受知堂影響；梁實秋《槐園夢憶》，梁文簡樸之至，悲情力透紙背；張谷若譯《棄兒湯姆・鐘斯史》譯文版，張氏譯文典雅，妙趣橫生，譯筆之傳神勝於蕭乾譯本；趙蘿蕤譯《荒原》中國工人版，謂趙師每有名譯脫手，時必神情恍惚；素喜黃裳之文，尤喜其書話；金岳霖文字大有英人宴談(table-talk)之風格；張紫葛《心香淚酒祭吳

宓》大手筆，筆淡而境出……

　　總之王強說書妙語不斷，本想打住，然有數則關於董橋記載，煞是有趣：一九九九年二月，購得陳子善編《董橋文錄》四川文藝版，他寫道：「董橋正可佐酒。其文精、奇，雖略顯脂粉，歸之散文上品可也。」二〇〇一年十二月去香港，他先在Page One書店買到陳子善編《董橋文集》三冊，發現此編共十二卷十八冊，又跑到天地圖書購六冊，到星光行購七冊，最終在樂文書店全部購齊。一時累得雙腿打顫，難以挪步，「然吾以為讀香港董橋，港版才屬正味」。

　　我知道王強與董橋相見很晚。二〇一六年王強出版《書蠹牛津消夏記》；二〇一七年七月香港書展，王強應邀赴港簽售、演講。其間林道群安排，王強與董橋首次見面。王強小董橋二十幾歲，以晚輩相稱。他們談寫作出書，只是相知的一個方面；在收藏西方典籍上，二位也有一比。董橋藏書積年，有見識，有財力，有華人收藏西書「第一人」之稱號；王強藏書在美國，很少有人見過實物，因此成謎。席間王強拿起手機，請董橋看他藏書的數千張書影。董橋尋常為人彬彬有禮，很少開玩笑。那天他看着看着，突然抬起頭來，笑着對王強說：「不看了。否則我會殺了你。」

引子
力量是文字的意義

　　為什麼我偏偏選擇去讀某些文字而不是其他文字？或者，為什麼，我會毫不猶豫地拒絕某些文字而擁抱另一些文字？這個問題一直糾纏困擾着我。

　　2011年歲末，我在《上海書評》發表了一篇關於《托爾金的袍子》的作者傑寇斯基(Rick Gekoski)的文章，文中寫了這樣一段話：

　　「秋夜裏，借着傑寇斯基記憶的光亮，我真切看見了那些織進作者生命肌理的書頁怎樣像永恆的投影，有力地掠過他生命變幻的天空。不，怎麼會是掠過？是停留，是佔有，是徹頭徹尾的征服。沒有親密而刻骨的交集，生命何以會從書中或者書何以會從生命中獲得真正的意義和力量？」

　　此時，一個漸漸清晰的答案俐落地劈開了我的困惑——豈止傑寇斯基，「力量」何嘗不是我選擇、擁抱文字的全部動因?!

　　「反烏托邦」代表作家之一，《我們》的作者扎米亞京說過：「有些書具有炸藥一樣的化學

構造。唯一不同的是，一塊炸藥只爆炸一次，而一本書則爆炸上千次。」説得一針見血。真的，我堅信文字只可能呈現出兩種存在——「有力量的」存在和「沒有力量的」存在。「有力量的文字」必然藴含着「摧毀一切」的能量，無論這能量試圖摧毀的目標是「感知的愚鈍」，是「詰問的蒼白」，是「想像的匱乏」，是「思想的偏狹」，是「道德的偽善」，還是「自我的陳舊、呆滯、局限」。套用辭世不久的古代哲學史大家、法國的阿杜（Pierre Hadot）先生的話，「有力量的文字」旨在「型塑」（to form）而不是「告知」（to inform）。它們必得不斷摧毀「昨天的」我，甚至「今天的」我，才可能型塑出那個完全不同的「明天的」我。然而，時間長河裏，面對人類越積越多的文字垃圾，「有力量的文字」竟顯得那樣「珍稀」（rare）。難怪，讀書破萬卷的周作人從漢代至清代千百年漫長的中國思想界裏也才艱難找到王充、李贄、俞正燮這區區「三盞燈火」。「有力量的文字」本該就是「珍稀」的。唯其「珍稀」，它們才是唯一值得你用全部生命去擁抱的，因為它們毫不留情「毀」了你的同時，還給你的必是嶄新的生命。

本書的文字沉寂了許久。徐曉頑固地説服我：它們還會有讀者。現在這個書名也是她堅持

的，且不無得意地說，編書出書這些年，這書
名藏在她腦子裏沒捨得拿給別人用，我這些文
字搭得上。她是作家，又是名編，只能由她。
不過我得承認：她的確看穿了我提筆為文的
「大秘密」。

這些書那些書

巴格達之行

從小受進化論教育，用不着誇大地説也算得上是人類進步觀的堅定篤信者。

講歸講，心底私下卻還是藏起了一個不大樂觀的懷疑，懷疑世上有些頑症，縱使科學技術發達到怎樣的地步恐怕還是終將難以救治的。對書的耽戀，如果可以被稱之為什麼病症的話，那它就是這樣一個活生生的例子。

實際上，人們早已用「書淫」「書癖」「書蟲」「書癡」「書呆」等一類不無輕蔑以至嘲弄的口吻，把某類人歸列於這一特殊的痼疾「患者」群了。

歷史上有名的例子可以從錢鍾書先生《管錐編》上搬過來。據傳：哥德軍(the Goths)破雅典，入城焚掠，聚公私藏書，欲付一炬。一謀士止勿摧燒，曰：「留之俾希臘人有書可讀。耽書不釋卷，則尚武圖強無日矣。」政治權術大師馬基雅維利亦云：「武功既致太平，人遂得閒而尚學文，於是壯心勇力為書卷所消磨。」如此，讀書無用可知。我們的先祖之言《法言‧吾子》篇

徑謂：「女有色，書亦有色。」好一個耽書正如耽色：小足以傷身，大至於誤國！

惜乎哉！想當年漂洋過海的洋鬼子們若早聽古人如此良策，一船船運些白紙黑字進來即可，何以招惹鴉片那玩意兒的麻煩，直弄到後來動槍動炮，身挺疆場，划得來划不來？！

不幸得很，不知哪年哪月哪日起，我竟也糊里糊塗被收編加入這等「癖」「蟲」「呆」「癡」「淫」的行列。暗地裏掂量，受害的程度已無望擠進「輕傷不必下火線」的健實的猛士們中間了。

其實，我何嘗沒想到過自療與自救？這出於萬般無奈，不是據說上帝只救那些想自救的人嗎？比如：眼不見心不煩，三過書店之門偏就不入，那壯烈勁兒儼然治水的大禹；或者眼一瞪心一橫，把本來會扔給書頁的鈔票乾脆餵那齜牙咧嘴的龍蝦和溢沫吐泡的啤酒。嘗試也不完全是沒有成功的時候。馬克・吐溫（Mark Twain）談起戒煙曾逗過這樣一個趣兒：戒煙？那也難嗎？鄙人已戒過它好幾回了！

一針見血。我的不治恰也就在這「好幾回」上。君不見，我已有過好幾回自書店空手而歸了！

當然，不是這回。巧在讓您給撞見了。而立

之年的人興不得撒謊，那就把它拿出來讓您瞧瞧吧——

　　查理斯・布魯克斯(Charles S. Brooks)的散文集。耶魯大學出版社1915年11月的首版精裝本。此書共印1000冊。集中所收為布氏早年發表於《耶魯評論》(*Yale Review*)和《新共和》(*New Republic*)上的文字十篇，薄薄的統共140頁。吹去灰塵，仔細端詳：暗白色帶浮水印的毛邊紙配上艾倫・路易斯(Allen Lewis)近三十幅趣味、質樸的木刻插圖。要價20美元竟不忍心抱怨它貴，儘管當時在我一介窮書生不可不謂是過於奢侈了。書癮湧到心口，怎麼辦？來點人道主義總是不錯的吧！身體是一切的本錢。古人的經驗以酒解醒，稍一調換轉用在這節骨眼兒上，就正是以購書來消解戀書的惡癮。癮息則心靜，心靜則體安。古今雖異，書酒馬牛，而癮則一也。別怪我撒野馬，這就趁勢收韁。

　　書題《巴格達之行》(*Journeys to Bagdad*)取自集中開篇文章的標題，多有詩趣！可別淨想窮兵黷武入侵科威特的薩達姆・侯賽因，他屬於巴格達，可巴格達卻不單單屬於他。還記得水手辛巴達和那名氣也不小的阿里巴巴嗎？您該也想到他們的巴格達才對！待翻到第6頁地半球上揚帆的那幅三桅船圖，李姆斯基–科薩科夫

（Rimsky-Korsakov）的交響音詩組曲《天方夜譚》（*Scheherazade*）竟如海水一般不可阻擋地朝我湧來。我就像受到了友情之邀，踏上辛巴達的航船，隨他向一片陌生、遙遠、神異的前方駛去。我知道，我精神的航船就要去擁抱那水天相接處的海的遼闊……

「每一年春天，誰都該去去巴格達的。當然不是特指非巴格達不可，而是隨便什麼一個城市。只要它離得遠而又遠，翻開書查找它的時候，你還吃不大準它是在47頁上的亞細亞，還是在53頁上的波斯。」總之，不管那是哪兒，你得像嗅到鹹味的水手一樣去急切地回答海的召喚。你得感覺到一種強烈而嶄新的躁動，「放下手中無論什麼樣的乏味活計，扔下書本或者賬目或者量尺——假如它們標識着你的職業——去奔向世界！」

世界？一個沒有目的地的目的地，一個巴格達中的巴格達，一種慾望中的慾望，一片夢境中漸漸清晰的夢境。這就是「巴格達」所給予我們聯想的全部魅力嗎？

巴格達是無窮無盡延伸開去的，像信念中永遠盛開的風景。「當你抵達巴格達——最好你的選擇是陸路和海路——若你的熱情的確嚴蕭的話，你不會覺着心滿意足；相反，你會沿着最險

峻的方位繼續旅行它少說也得一千多里地。」

生活的藝術大師林語堂先生在論及人生與旅行之時，主張旅行的真正動機應在以求忘其身之所在，亦即旅行以求忘卻一切。「一個真正的旅行家必是一個流浪者，經歷着流浪者的快樂、誘惑和探險意念。旅行必須流浪式，否則便不成其為旅行。旅行的要點在於無責任、無定時、無來往信札、無嘮嘮好問的鄰人、無來客和無目的地。一個好的旅行家絕不知道他往哪裏去，更好的甚至不知道從何處而來。」

這種「行不擇所之，居不擇所止」的態度，恰是布魯克斯所倡的人生「遁隱之靈魂」。在布氏眼裏，當每一年春天，風兒變得柔暖起來的時候，這一「遁隱之靈魂」會把你從現實的俗務中喚醒，催你踏上行旅之程。你會拒絕它的誘惑嗎？

對，不會，更不該會。摘下你的面具，丟掉你的傲慢，告別你孤寂的、陽光照不到的封閉的心野，走向神話的巴格達，走向歷史的巴格達。當然你也有權利走向地理的巴格達，甚至走向想像的巴格達、慾望的巴格達、信仰的巴格達或是情感的巴格達。

「巴格達」早已不再是具體時空中凝固了的一個點。它是一個人生命之樹依然茂盛的強有力

的見證。但，至少，你得從骨子裏深深地感覺到一種慾望的燃燒呵。至少，你得「慾望着一睹天邊的落日，慾望着航行到達最後一條海平線遙遠的另一端，從那兒，世界掉將下去了，那兒的盡頭展開着繁星的天空」。

人有着各式各樣的名目。你可以叫他是會製造工具的動物；你可以叫他是會思想的動物；你可以叫他是理性的動物；你可以叫他是政治的動物；但還有一個更為本質更為有力的名目，那即是，人是直立的、用兩腿行走的動物。中世紀起幾成制度的進香朝聖、十字軍東征，從普普通通綿延不絕的人的腳下，多少歷史悲壯的場景被一幕幕踩踏出來。

然而，曾幾何時，「行走」「漫遊」這麼本質神聖的字眼卻淪入衰微。孤傲的人類漸漸遺忘了他們在摩西的率領下進行的「漫遊」的悲壯意義。由於這種疏離，人類將不再產生荷馬，將不再產生英雄的《奧德賽》。亙古不息的大海將在遼曠的寂寥中思念着辛巴達和哥倫布。生命輪迴的大地將在漫漫冬夜裏回味着「流浪漢」。

是的，那久已陌生的詩意的「流浪漢」。「Tramp！它曾令人想起背部直挺、肌肉發達的小伙子，令人想起健旺的胃口，以及入夜或許會有的爐火邊關於遠村之事的愜意的說長道短。那

聲音中自有一種韻律在。而眼下，這個詞卻意味着遊手好閒的傢伙，拖沓鬼，頹喪的二流子。這個詞打了補丁，髒兮兮的，破爛不堪。就拿vagabond（漂泊，流浪）這個詞説吧。它的名聲該是無瑕無污的，因為它完全是用那意味着漫遊的東西構成的，而且從摩西時代起，漫遊都是為最受人敬仰的人們所踐行的。然而，諾阿·韋伯斯特（Noah Webster），一個最無私心的老紳士，竟毫不含糊地點明一個vagabond就是一個惡劣的無賴，只配蹲監獄。不用説，韋老先生待在家的話，這樣一個人一出現，他準會丟了他的狗。一個wayfarer（旅人，徒步者）在從前也只不過是個行路之人，一個靠了雙腳行走的人，無論是帶着他的家當、推車和時鐘去朝聖或者行商。這個詞不令人憶起古老的道路，蹦蹭的馬匹，小酒店前充做招牌的常青藤，小販攤位四周的人群，衝着洞開的窗戶吹笛子的藝人，或是空谷聖地所構成的詩嗎？」

不是嗎？！這些詞應當使你聯想到健壯、自立、年輕。哦，流浪的人，那僅僅依賴自己的腿腳、自己的物力走向地平線的偉大的慾望者！徒步者，他是用靈魂在赤裸的四野中巡行。山巔和風迎着他。他匆匆的腳步集攏了鄉野溢香的土塵。他的眼界寬闊得如遙遠處伸展的林木，他的

心境寧靜得如黃昏飄起的一縷炊煙。

應當為「流浪者」正名，為「漫遊者」「漂泊者」「流亡者」正名。這正名的背後乃是重新尋找與界定生命本質及其展現形式的一次精神、勇氣和良知的歷險。人理應向他自己的根基回歸。

帶着對「流浪」與「漂泊」的敬意，請讓我暫時輕輕合上《巴格達之行》。我怦動的心的旅程也將從這書頁中展開。我將追隨奧德修斯、追隨辛巴達、追隨哥倫布去饑渴擁抱我的巴格達：那神話的巴格達、歷史的巴格達、地理的巴格達、想像的巴格達、情感的巴格達、慾望的巴格達、信仰的巴格達……

巴格達是無窮無盡延伸開去的，像信念中永遠盛開的風景。

風自巴格達吹來。巴格達的風輕撩起矜持的、孤傲的靈魂的衣襟，我不得不回應它無法抵禦的呼喚……而且是現在！

我的本傑明·富蘭克林

久已成為經典的《大偉人鄉行小記》(*Little Journeys to the Homes of the Great*)的著者阿爾伯特·哈伯德(Elbert Hubbard)，對「經典」(classics)有一個頗有趣味的界定——永遠佔據着書架卻永遠不被翻讀的書。

不知何時起，我就為這話的神奇所慫恿，每次走進舊書店，見到為之眼動心癢的舊書，總是先翻一下，按下念頭，再把它原原本本放歸於位，有意地讓它等待我下一次造訪。來來去去之際，有的就不翼而飛，不免使我悵惘良久，似乎它從來不曾有過想隨我而去的願望；有的乾脆纖塵未動地靜守在那兒，我知道這一回它非屬於我不可了。我不能辜負它苦苦等待我的一片深情。而這些又恰恰是上面哈伯德所指的那類人稱「經典」的書。

本傑明·富蘭克林(Benjamin Franklin)在等我。可不，昏暗的燈光下，《窮理查的曆書》(*Poor Richard's Almanac*)擠在一堆陌生的舊書中間又一次向我張望。這秋雨飄忽的陰冷的下午，它

似乎鼓足勇氣悄悄地對我説：帶我去吧，我會在你沉鬱的日子裏為你撐起一片陽光的天空。

擰亮枱燈，沏起淡淡的珠茶，在秋雨擊打着窗玻璃的絮絮之聲下，我迫不及待地端詳起它——

素樸的棕色紙套封。16幅不署名姓的古雅的朱印木版畫。77頁簇新的暗白色厚紙。紐約Peter Pauper Press出版。版權頁不存，重印時間不詳。首頁木版畫上一個中古星相學家模樣的人一手按着書桌上的曆書，一手指向他的頭頂掛着繁星和月亮的夜空。這就是「窮理查」嗎？「窮理查」將要告訴我什麼？

從1732年起，富蘭克林每年出版一冊年曆。年曆佯稱是由一個一貧如洗的農夫業餘星相學家理查‧桑德斯(Richard Saunders)纂輯。桑德斯即極負盛名的「窮理查」。這是富蘭克林筆名中的一個。除去以重印「英國小説之父」理查森(Richardson)的《帕美拉》(Pamela)而奪美國歷史上首次印刷小説這一殊榮外，富蘭克林出版事業上的精彩一頁即是這《窮理查的曆書》的出版。為使《曆書》實用、趣味並兼，他在《曆書》中每處可利用的空白處都填之以各時代各民族的俗諺、格言，並大量引用培根、斯威夫特和拉羅什富科等人的妙語。技癢難耐的時候，他也自我創

造或潤色現有。這一招果然不同凡響。據其《自傳》稱，《曆書》年年供不應求，他從中大獲其利，年入達萬金。25週年紀念日來到的時候，他將前24年曆書中具有代表性的「窮理查」的格言收集在一起，以亞伯拉罕神父對眾人的演講這一敘述主幹貫穿首尾。這一次「窮理查」為他贏得了世界聲譽。十八世紀末葉已有七種語言、近150次的重印。

《曆書》中妙語連珠，略舉一二。「沒有醜的情愛，也沒有美的牢獄。」「饑餓探頭看看勤勞者的屋子卻不敢進去。」「勤勞付清欠債，絕望增加欠債。」「令良知澄明，然後無所可懼。」「窮人須為他肚子要吃的肉奔走，富人則須為他肉要添的肚子散步。」「多少聰明的頭腦填不飽自己的肚子！」「財富不是因人佔有它而是因人享用它。」「發現容易，預見難。」「用信仰看事物的方式就是合上理性的眼睛。」「駕馭你的生意，不然它要駕馭你。」「愚蠢者設宴，聰慧者赴宴。」「兄弟不一定是朋友，而朋友總會是兄弟。」「別為財富賣掉美德，也別為權力賣掉自由！」「不想死後為人遺忘，那就寫些值得一讀的東西或做些值得一寫的事蹟。」

比起他有名的《自傳》和《對年輕商人的忠告》，這些經他筆削的格言、俗諺絲毫不乏雋永

閃爍的生命。它們是我最最珍視的東西。儘管梅爾維爾(Herman Melville)譏他是「格言販子」，濟慈(John Keats)挖苦他是「一肚子吝嗇克儉格言的哲學味的老費城人」，在我，這薄薄的小冊子卻是富蘭克林贈予我的生平最有意義的禮物。

品嘗不盡的醇味、受用不竭的營養就是我的「經典」，無論它是舊是新，是默默無聞，是聲名顯赫。照我的領悟，哈伯德那句話得稍加更改：「經典」是那些永遠佔據着你的書架又永遠翻讀不完的書。

幽默的博物志

十七世紀中葉的中國文人張潮在他所著的《幽夢影》中，有許多關於讀書的妙論，隨手批出兩個來：「春雨宜讀書。」「讀經宜冬，其神專也；讀史宜夏，其時久也；讀諸子宜秋，其致別也；讀諸集宜春，其機暢也。」這說的全是讀書所宜的時節，是時間上的。

還有一種讀書所宜的氛圍，來得並不比這時節遜色，這是地理空間上的。入什麼廟念什麼經，進什麼山唱什麼歌。讀書隨境而遷，因地而異，終也不失那「神專、時久、致別、機暢」的禪修「三昧」。

居京之時，《日下舊聞考》《帝京景物略》《燕京歲時記》《長安客話》等是手邊常翻之書。客居紐約之時，關於紐約的歷史文化論著成了我的覽讀中心。及至搬到毗鄰哈德遜河的鄉間求學的時候，便專尋當地作者或描寫當地風物歷史的著作。燈明茶熱之時，讀着搜尋得來的文字，初來乍到的異地感也漸漸為一種文化的溫暖鄉情悄悄融化了。

約翰·柏洛茲(John Burroughs)的二十餘卷博物學著作，《獵鹿人》(*The Deerslayer*)、《最後的莫希干人》(*The Last of the Mohicans*)的作者庫柏(James F. Cooper)的小說，庫柏之女蘇珊·庫柏(Susan F. Cooper)美麗、細膩的鄉居歲時記《鄉居時光》(*Rural Hours*)都是這樣一類書。而亨利·蕭(Henry W. Shaw)的發現又給我帶來了多少個愉快的夜晚。

這是一部紙張泛黃的舊書。紐約C．W．Dillinghem公司1876年修訂版。全書504頁，含湯瑪斯·那斯特(Thomas Nast)等所繪插圖100幅。書題為《喬西·比林茲全集》(*The Complete Works of Josh Billings*)。Josh Billings係作者的筆名。關於作者的真實身份，有一段有趣的插曲。

十九世紀下半葉，以Josh Billings為名發表的幽默機智的短小文字贏得了美國人的厚愛。就連紐約文化圈子裏亦盛傳真正的作者是充滿智趣的總統林肯，有好心人甚至希望人們為珍惜總統的政治聲譽，對此一猜測嚴守秘密。得知此一傳言後，林肯笑着否定了它：我肩膀的寬窄能擔得起聯邦的重負就不錯了，犯不着讓它去背所有逗趣之人和玩笑家的罪名。後來，人們終於意識到這位大名鼎鼎的作家竟是哈德遜河畔一個叫作波啟浦夕(Poughkeepsie)的地方的拍賣商亨利·蕭。

蕭出生於麻省蘭尼斯巴羅鎮(Lanesboro)的一個清教徒世家。祖父和父親都當過國會議員。也許是他們的政治生涯過於純潔，生性幽默的蕭從未敢涉足政界，而命運則帶引着他步入了文學的殿堂。

工作之餘他開始為當地報刊撰稿。隨着他精彩的文字從一份報紙轉載到另一份報紙，隨着他頗具轟動效應的一次次專題演講，他的浸透骨髓的幽默不僅使他成了一種新興娛樂業——脫口秀節目的舉足輕重的人物，往返於本土兩岸的巡迴亮相還為他帶來了遠較拍賣錘所能帶給他的更多的金錢。他的文字甚而遠銷英倫和巴黎，更為重要的是他的文字在美國喜劇性文學中佔據了十分堅實的地位，與當時的重量級幽默大師如斯利克(Sam Slick)、華德(Artemus Ward)、凱爾(Orpheus C. Kerr)等並駕齊驅。

美國人熱愛幽默與製造幽默是舉世無雙的。南北戰爭之際，連那些對林肯總統的愛國精神不屑一顧的人，也不得不對他的幽默大表讚賞。對美國人而言，幽默高於愛國主義。他們深信高超的笑話抵得過一篇精彩的佈道。

和那些善於渲染情節的幽默故事家不同，蕭的才智表現在他的隻言片語上，是位地道的幽默散文大家。

全集分「散論」「活生生的自然」「格言」「專論」「雜言」。我尤其偏愛那「活生生的自然」，讀着它們，我彷彿是在讀着馬克·吐溫式的老普里尼，其實應該説是老普里尼式的馬克·吐溫。自然，我指的不是它的科學性。在此，僅摘錄蕭的「老鼠誌」文中的片段，讓我們共享此幽默之佳餚。

> ……進入成年，老鼠的尾巴會像它們的身體一般長。初看起來，這簡直是極大的浪費。以手段代目的的哲學頭腦備不住會愚蠢至極地琢磨：莫非短尾巴的老鼠不是更好的造物？然而，哲學犯不着去改變事物以適應市場。它必須接受老鼠尾巴的事實，要麼讚美它們，要麼閉住嘴巴。當一個人無法為一隻老鼠尾巴的整個長度給出正宗理由的時候，他常常會告訴他的鄰居説：老鼠這造物壓根兒就是個失敗。人就是這樣，而老鼠畢竟是老鼠。
>
> 老鼠無論住在哪兒都有利可圖，當然除去教堂。它們在教堂裏肥得很慢。這説明它們不能像神父一樣靠宗教過活。宗教是最宜於消化的。

有人評論説，蕭對人生洞察之犀利使那些為其嘲諷所棒殺的人死到臨頭臉上也還掛着微笑。

讀了蕭，我才漸悟了幽默的真正力量；讀了蕭，我才理解了這樣一句評論。

誤失與人的歷史

　　人類由於自身的誤失而被上帝驅逐出了伊甸樂園。但恰恰是由於這一誤失，世界才有了我們稱之為「人的歷史」的東西。神界是永遠完美無失的，而人之為人就在於他會出偏差，會犯錯誤，會走向失敗，會邁向死亡。在英國詩人、劇作家吉伯特(W. S. Gilbert)看來，連人本身乾脆都是世界的一大過失。當史學家在歷史創造者的行列裏插進神、英雄、凡人、經濟等等顯赫的成員之時，我們能不能在其中為「誤失」找到一個位置？人類的誤失能不能型塑或改變人類歷史的走向？

　　書桌上我面前攤開的一部書——《誤失類編》(*The Blunder Book*)——以大量的事實為這一問題提供了有力且引人入勝的解答。該書由紐約Quill出版社於1984年出版。著者高德柏(M. Hirsh Goldberg)任職於馬里蘭州政府，這是他寫作出版的第三部書。

　　此書依「誤失」範疇將人類的錯誤劃分為八類，這一分類即構成了全書的八章內容。它們依

次是：歷史中的錯誤、醫學中的錯誤、科學中的錯誤、政治中的錯誤、商業中的錯誤、體育中的錯誤、圖書館中的錯誤和日常生活中的錯誤。

十五世紀哥倫布西行印度中途發現新大陸。由於他的地理計算錯誤，他一直以為他到達的是印度。這一錯誤使得美洲新大陸的真正發現者哥倫布的名字未能成為這一大片土地的名字。這一殊榮為意大利探險家韋斯普奇（Amerigo Vespucci）奪得。1507年當地圖繪製家需要給這一「錯誤的發現」取一個名字的時候，他毛遂自薦了「亞美利加」（America），因為Amerigo發現了它。

1620年9月6日首批移民乘「五月花」號離開英格蘭，駛向北美洲大西洋沿岸的哈德遜河區域。他們打算在那裏批准下來的地盤上建立殖民地，開始一種宗教自由的新生活。不料，由於航行上的失誤，11月21日輪船在原批准地以北的地方拋錨。這個地方恰好超越了贊助他們的公司的法權之外，他們一下子獲得了真正的自由。「普利茅斯」這個代表了他們自己的意願而非控制公司意願的殖民地誕生了。

1917年4月6日，一直處於中立地位的和平使者美國突然決定加入英、法的抗德陣線，對德宣戰。一年半之後，由於美國的捲入，德國戰敗，被迫於1918年11月11日簽署和平條約。然而，促

使威爾遜總統改變主意的在很大程度上是來自德方的一個重大失誤——齊默曼的電報。

亞瑟·齊默曼是當時的德國外交部長。他久有野心拉攏墨西哥與日本加入德國聯盟。如何將信息告知墨西哥而又不令美國放棄中立？起先他打算托人捎信。誰料德國潛艇臨時取消了行期，寫好的信無法遞送，他只好改以電報傳送。而送報的網絡正是威爾遜為同德國進行和平談判而設的，電纜起自柏林，中經英國，終於華盛頓。齊默曼想通過德國駐華盛頓使館盡速傳遞。由於電碼係用德國裝置碼編寫，他自覺機密會萬無一失。然而，這份涉及抗美意圖的電碼為英國人破譯，美國人如夢初醒。

有趣的是，英語現在依舊通行的用法中，不乏起源於人類觀念誤失的。「瘧疾」（malaria）一詞照字面解釋意為「壞的空氣」（mala aria），因為在攜帶病原的蚊子這一真正原因發現之前，人們認為瘧疾是邪惡的精靈借夜間空氣的呼吸進入身體的。「肝臟」（liver）之所以得名，是由於它被視為是人體中唯一維持生命（life）的供血器官。

人的一生是一個被錯誤包圍，同時又是一個不斷與錯誤抗爭的歷程。人類犯下的許多大大小小的過失，在不同範圍和不同程度上影響到了人類的歷史進程。今天，當我們把目光投向過去，

輕鬆地「品嘗」不乏幽默的錯誤百態的時候，我們的着眼點應該落實在古人的那句話上：前事不忘，後事之師。正是在這一意義上，「失敗是成功之母」也才帶有了堅實的現實意義。

關於「左撇子」

　　説句心裏話，若有人讓我談談美國留給我的最初也算得上最深的印象是什麼，我會不假思索地回答：左撇子眾多。對於這一印象，起先連自己也覺得奇怪，可待靜靜琢磨下來竟悟到事出有因。「左」與「右」曾是我以往生命體驗中最敏感的意識積澱。在這個生命的紋絡裏，「左」與「右」翻譯出來即是「紅」與「黑」、「正確」與「錯誤」、「好」與「壞」之類的政治倫理的標識語。「左派」佔有真理而「右派」則鼓吹謬誤。「左」與「右」劃分着生命的等級。不過，有一點我迄今仍未找到有力的解答，這即是：在如此是非森嚴的政治文化中，為什麼代表着「正確」甚至身體力行地實踐着「正確」的左手運用者，卻始終背着「左撇子」這個不無輕蔑甚至多少帶有羞辱的黑鍋？可見，即使是在「左」即偶像的時代，「左」的背後仍然隱藏着難以言傳的另一個故事。否則，現在擺在我們中國人面前的艱巨任務，除了控制人口之外，怕就是如何從生

活的片片面面，為難以計數的「左撇子」提供各式各樣的「左」的服務了。

心想事成。想着「左撇子」，竟得到一部關於「左撇子」的書。而且，雨天好讀書，伴着淅瀝秋雨竟一口氣把書讀完了。前面提到的對於「左」的疑惑頓然冰釋，且給我增加了不少文化史方面的見識。不禁想起金人瑞，像他那樣道一聲：思書得書。書頁翻檢之聲同秋雨絮人之聲交應，不亦快哉！

隱藏在惡人們之後……

Barnes & Noble出版社1993年再版精裝的《左撇子》(*Lefties*)，安上了一個頗點題的副題——「左撇子的源起及後果」，這比它1977年初版時的書題《惡人們》(*Sinister People*)來得更為醒目。著者傑克·芬徹(Jack Fincher)本人就是個「左撇子」。從這一意義上說，本書可視為芬徹自己切身命運求索問詰的記錄。

書一開題，芬徹即敘述了童年當老師強行矯「正」他運用左手的天性時，他心靈受到的折磨與創痛。接着，他從字源學、宗教及宗教藝術史、心理學、解剖學、精神病學、科學、哲學

史、歷史、政治學等諸多領域逐項考察，並挖掘了文化史上的這一引人入勝的題目。

英語中表示「左」的left一詞，源於益格魯–撒克遜語的lyft，而lyft又可追溯至古荷蘭語，意思是「弱的」或「斷的」。而與它相應的「右」字right，則有「直的」或「正義的」含義。環視一下其他歐洲主要語言，「左」與「右」意義上的高下分野更加明朗。法語中的「左」gauche，字源意為「彎曲的」，用來指稱說錯話或失口時的社交失態；相反，「右」droit則意為「正確的」與「法律」。如果說一個人「不在法律的一面」，也就等於說他「沒走正道」。在意大利語中，「左」mancino意為「欺騙的」；德語中，「左」linkisch意為「尷尬的」；俄語中，「左」nalevo意為「鬼頭鬼腦的」；西班牙語中，「左」zurdo亦含有「惡意的」意思。

再向西方文明的源頭走，除了古希臘人的「左」aristera帶來的「貴族」aristocrats（「最好的」＋「統治」）一詞稍稍令人感到慰藉的微光外，左撇子從文明的開端即被打入黑暗的另冊。這一點不能不耐人尋味。古羅馬人是「右」的倡導者。據說右手相握之禮即由羅馬人引進。邁進友人家門，羅馬人要小心翼翼地記着右腳先行。連打個噴嚏、頭向左或右亦影響到人的命運。

羅馬人的「右」dexter令人聯想到「有技巧的」「聰明的」，而「左」sinister則將聯想帶向「邪惡」。雖然，「左」側曾是「幸運」之側，但這一實踐很快就為「右」派取而代之。中世紀盛行的所謂「右手之人」(right-hand man)即指國王的寵臣。他一定是坐在國王的右側。蒙田在其《意大利行旅》1580年10月8–27日記「康斯坦茨」文中提及：德國人對一男子表示敬意，無論他站在什麼位置，總要選擇待在他左邊，若站在右邊則是對他的冒犯，因為尊重一個男子就要空出他的右邊，這樣便於他隨手操起武器。革命前的法國國家議會尚顯示貴族是政府的「右」翼，而代表全民的新生資產者是政府的「左」翼。工業革命徹底地以右手作為製造工具的標準，無形中宣判了左手運用者的死刑。為了正常的生活與生產，「左」派們只能改「邪」歸「正」。左撇子成了真正沉默的少數族群。

語言學的追溯顯然不是問題的終結。相反，它是問題的開端。語言制度的表象下潛隱着更為廣闊的宗教、倫理、社會及歷史的動因。

上帝是右手使用者嗎？亞當呢？夏娃呢？那一改變人類命運的禁果，夏娃究竟是以哪一隻手去承接的呢？芬徹告訴我們，《創世記》對這一問題是緘默的；歷史上有關這一主題的宗教繪畫

的對比研究，亦不能給出一個一致的回答。不過，《聖經》卻不乏鮮明的抑左揚右的訓誨，如：「你施捨的時候，不要叫左手知道右手所做的。」(《馬太福音》6:3)上帝告誡約拿說：「這尼尼微大城，其中不能分辨左手與右手的有十二萬多人。」(《約拿書》4:11)這是否意指着不辨善與惡？

當基督說到審判的日子的時候，更為有力地點出了他心中的左右之別：「萬民都要聚集在他面前。他要把他們分別出來，好像牧羊的分別綿羊、山羊一般。把綿羊安置在右邊，山羊在左邊。於是王要向那右邊的說，你們這蒙我父賜福的，可來承受那創世以來為你們所預備的國。」(《馬太福音》 25:32–34)這裏的「右」完全等同於「榮耀之位」。又如《傳道書》論智愚說：「智慧人的心居右，愚昧人的心居左。」(《傳道書》10:2)右與左劃分着智與愚。

基督教文化中現在依然流行的一種習俗是：一個人不慎將鹽灑翻，他會把鹽撿進右手然後從左肩之上扔出去。達·芬奇的《最後的晚餐》畫出猶大將鹽灑翻。據說，魔鬼是從人的左肩之後施法誘惑的。這與新婚之時婚戒佩戴於左手中指——「符咒之指」(charm finger)以避邪惡之迷信相彷彿。以左手宣誓是無法被信任的，正如

「左撇子的恭維」(a left-handed compliment)不足取一樣。「左」與「邪惡」「欺詐」成了同義語。

宗教繪畫就這一主題向我們提出一個挑戰。眾多畫幅為什麼竟背聖道而馳,讓幼小的基督被懷抱在聖母的左側?芬徹的回答是:「把幼小的基督抱在左側,恰恰是將他安置在觀賞者和藝術作品的右側這一神聖榮耀的地位。」我記起曾經見到一幅羅馬中古時期的繪畫,畫面正中是那著名的蛇與樹,左側是夏娃用左手從蛇的口中接受智慧之果,亞當則站立在右側。從觀賞者的角度看,芬徹的結論是有說服力的。

人類學視角

芬徹多處引述法國社會學家羅伯特‧赫茲(Robert Hertz)的名著《死亡與右手》(*Death and the Right Hand*)。儘管芬徹並不滿意赫茲過於思辨性的概括論述,但是,我們還是可以從這些引述中領略一下赫茲典型法國人類學派的風格力量——把所追詰的問題的根源放置在人類的思維架構之中。眾所周知,二元論是西方宗教思維的特質,在這樣一種思維架構中,作為微觀宇宙的人體何以逃脫無所不在的兩極之律(the law of polarity）？赫茲的人類學視角把宗教觀念的出現同人類的這一思維總體緊密聯繫在一起。

原始毛利文化將世界萬物均分為男性的與女性的，前者具有創造性、活力、強健、神聖，後者則項項相反。北美印第安的符號語言中，舉起的右手標識自我、勇敢與力量。東俄羅斯的崇拜儀式中，人們面右朝拜，凡獻祭必以右手行之。有罪之人要從天主教堂的左門貶出。非洲有些部落的女子做飯時嚴禁使用左手以免中有毒的邪術，因為據說巫師是以左手下毒的。印度人只以右手接觸肚臍以上的部位，而以左手碰觸肚臍以下的部位。從前日本的鄉下，左撇子女性必須掩藏這一事實，否則她的婚姻就會破裂。這似乎與從前德國習俗中的所謂「左手婚」(left-handed marriage)有着相通的暗示：當新郎將左手伸給新娘的時候，這一「左手婦」(left-handed wife)要麼是個地位居下的妾，要麼她的出嫁即是「非法的」。當代美國俗語中的「左撇子蜜月」(left-handed honeymoons)亦指「不正規的」以至「非法的」新婚。

卡通畫家德·凱(De Kay)在他的《左撇子之書》(*The Left-Handed Book*)中提出過一個非宗教的、與人類固有思維框架沒有關係的解釋，他認為左右手在使用上的區別，應從人體衛生方面考

慮。這確也不無道理。歷史上水源匱乏的地區，人的左手常註定用於某些不潔淨的方面，而具此用途的左手當然是不宜進食的。

芬徹科學方面的論證雖然不乏啟人的趣味，但已不是這篇文字關注的焦點了。不過他認為古老的中國文化把左與右同視為尊的這一結論，似乎下得倉促了些。在此稍加補正。

偶翻《朱子語類》，其「冠昏喪」中記堯卿問合葬夫婦之位，曰：「某當初葬亡室，只存東畔一位，亦不曾考禮是如何。」安卿云：「地道以右為尊，恐男當居右。」（卷八十九·禮六）而卷九十一之禮八「雜儀」又記，問：「左右畢竟孰為尊？」曰：「漢初右丞相居左丞相之上，史中有言曰『朝廷無出其右者』，則是右為尊也。到後來又卻以左為尊。而老子有曰：『上將軍處右，而偏將軍處左。』喪事尚左、兵兇器也，故以喪禮處之。如此，則吉事尚右矣。」

現代的一場文化上的「大革命」終於以它血腥的實踐印證了如上的論述。對於在淚與血的長河中浮沉着的靈魂，它是一場道道地地、史無前例的巨大喪事。「喪事尚左」由不得你不信。「左」「右」來它個倒置，不能不算是革了祖宗舊根的命。只可惜經歷了這一「革命」的洗禮，文化傳統的沉渣愈加氾濫得可怕，不然，即是到

了今天，何以一提「左禍」二字，你我明明白白沐浴過現代科學的陽光、奮力破除迷信之輩，竟還止不住那隻「兆災」之眼的驚跳不已，恨不能掘出個洞一頭扎將下去。

臨了，記起喬治・奧威爾《動物農莊》(*Animal Farm*)中的一句名言，轉贈給滿懷天真、熱愛平等的文化鬥士們。話是如此說的：

> 兩者是平等的，可總有一個要比另外一個更為平等。

不知奧威爾寫下這幾個字時，用的是左手還是右手？

歷史上的寵物

記得孩提時代一個初夏的正午，暖和的太陽下，雛雞販子草編的圍欄裏一團團絨絨的彩色的生命在飄動。我和弟弟每人挑選了自己最心愛的一隻捧回了家中。然而，有一天全家人出外散步的時候，它們相繼跳進了地板上盛水的臉盆之中。此後，我們身邊再也沒有了那些調皮、不倦的吶喊，再也沒有了遊動着的生命。那一夜，我和弟弟是哭着入睡的。雖然，我和心愛的小動物之間的聯繫僅僅局限於幼年的這點記憶，但我卻很有興致閱讀並收集這方向的著述。因為，在動物文獻趣味盎然的背後，我總像重新見到了、聽到了那久已暗啞了的兩團橙黃色的生命。

近來買到一本知識性、趣味性並茂的小書：《第一部世界寵物史》（ *The First Pet History of the World* ）。著者康福特（David Comfort）是美國加州一位獲獎小說家和動物愛好者。此書平裝本由紐約著名的Simon & Schuster於1994年推出，深得動物愛好者青睞。此書以歷史為主線，彙集了對人類文明產生過型塑作用的各類禽獸寵物的軼事軼

聞，使人眼界大開，回味不盡。

何為寵物？據《牛津英語詞典》（*The Oxford English Dictionary*）pet條釋義：凡家養或馴化的，為人寵愛、溺愛的任何動物即是寵物。在約翰遜博士（Dr. Johnson）的時代，pet一詞主要指馴羊，亦指乖嬌的孩子，相當於我們語言中指稱孩子的「寶貝」一意。該詞詞源不詳，初次使用是在十六世紀的英語文獻中。然而，人類有意識地大規模馴化寵溺動物的歷史，至少可以追溯到公元前6000多年前。

古代幾大文明均是世界寵物文化的發祥地。在埃及，馴養的動物受到最高規格的禮遇。貓戴着金耳環，狗佩着銀項鍊。殺死狗或貓是沒有爭議的死罪。有一個羅馬士兵在底比斯殺死了一隻貓，當地人憤怒地用亂棒擊斃了他。寵物壽終以後，主人必剃去眼眉，發塗爛泥，哭悼數日。有人甚至不惜破財求製寵物的木乃伊。他們在保證自己的寵物在另一世界中的位置的時候，也保證了他們自己的位置。希臘史家希羅多德記載過某湖區佩戴純金腳鏈的鱷魚。

人類寵愛動物的最初動因當是視動物為超自然的神界使者，甚至就是神本身。由是，寵物的一舉一動都與它們周圍人的命運息息相關。這是許多動物迷信的根源。在巴比倫，一個人被狗尿

濺及乃是件舉足輕重的事情。撒尿的若是黑狗或白狗，這意味着不祥將至；若是紅狗，則預告着幸福和前程。假如一個人目睹狗在交配，那麼這提醒他身邊的女人不久將有外遇。中國文化中起源於商代的十二屬相，無疑是人和寵物關係史上重要的一章。

人類寵愛動物的另一個重要原因是，人們認為自己心愛的動物是他們生活中具有影響力的幫手和靈感的來源，有時甚至是他們性命的依託。《舊約·民數記》中巴蘭和他的驢子的故事即是一例。1864年，當林肯看到寵物火雞「傑克」逍遙於白宮外的軍人投票站時，寫信給兒子說：「怎麼你的火雞會在投票站？難道它去投票？」兒子回信對父親說：「不，它還沒有到投票的年紀。」羅斯福與邱吉爾簽署《大西洋公約》之時，兩人的愛犬均在現場。寵物好主人之所好，惡主人之所惡，在許多微妙的場合發揮着微妙的作用。羅斯福的德國狼犬咬掉過英國首相麥克唐納的褲子，發洩了羅氏對麥氏的成見。「二戰」中，盟軍的信鴿、戰犬發揮了極大作用，是勝利的無言分享者。

寵物是人類無私的朋友與伴侶。這大概是動物所以得寵的又一原因。羅馬皇帝查理五世說，他同上帝講西班牙語，同女人講意大利語，同男

人講法語，同他的馬講德語。蕭伯納說及愛犬的時候，道：「如果友誼的重要之點在於遵從朋友的舉動嗜好的話，那麼它完全具備這一點。我落座的時候，它臥下；我散步的時候，它隨着走。這是許多摯友裝都裝不出來的。」他更認為如果去掉吸煙和賭博兩項，一個英國人幾乎所有的樂趣都可以同他的狗分享。

十二世紀的聖伯納說過：「愛我，就要愛我的狗。」哲人尼采說過：「世界是借着對狗的理解而被征服的。世界亦借着對狗的理解而存在着。」可見，想要完整深刻地瞭解人類在歷史中的命運，人與動物之間的聯繫是不可被忽視的。因此，大家不妨都來讀一讀這部小書。

此心安處是吾鄉

　　近日讀到一部極難得的日記。不是版本難得，因為這上、下兩卷平裝本日記是美國西北大學出版社(Northwestern University Press)1988年才出的新書。難得的是它的內容——沉痛的廣博，質樸的深刻，再加上從那極藝術的個性之筆下汩汩流淌的濃烈的文化鄉愁。從這鄉愁裏，一個遍嘗浪跡他鄉之苦，卻始終緊隨藝術與人生至高理想的波蘭流亡藝術家向我走來。

　　我被他甜、酸、苦、辣的鄉愁淹得透不過氣，我被他重石一般的思索壓得透不過氣，我被他頑強的信念摧動得透不過氣。這日記分明是靈魂承受力的測試器。要是覺得自己生命與情感的力度尚不足以抵擋命運的捉弄和挑戰，那麼現在讓我們一起輕輕地翻開它呼吸着的書頁。你不會失望。那以生命之血滋養出的文字會真實地告訴你靈魂的鋼鐵是怎樣煉成的。

　　　　心絞痛襲來，伴着高燒40度，抱病臥床。我一人住在卡爾維里奧鎮郊的一所小屋中。……無依無

助，鎮日風雨，……冷、霧、風和白色的潮乎乎的黑暗……假如我有法子輕易了此一生，誰知道我不會把自己了結呢？

流亡是生命之程真正的開始。它就像嬰兒帶着唯一屬於自己的第一聲柔弱的哭喊，從安適的、溫暖的母親的子宮中流放一樣。朱莉亞·克莉斯蒂娃(Julia Kristeva)這樣界定流亡：我們的時代是一個流亡的時代……流亡斬斷了所有的維繫，其中包括流亡者堅信的這樣的信念，即人稱生命的東西有一個為死亡的父親擔保了的意義。……流亡在那死去的父親面前是一種生存的方式，是一種與死亡這一生命意義進行賭博的方式，是一種執拗地拒絕向死亡之律降服的方式。

於是，他活了下來。活着並且在公元1953年歲終的一個家庭聚餐會上，向一個個傷感的波蘭流亡藝術家發出了如此擲地有聲的節日祝辭：

節日臨近，你們喜歡用淚水來澆灌記憶的花圃，你們喜歡用歎息來緬懷失去的故土。別這麼愚蠢或脆弱了，學會如何擔起自己命運的重負吧。別再令人作嘔地哀婉那業已失去的格魯齊克、皮奧特克沃或比爾戈拉的美麗。要知道，你的故土既

不是格魯齊克，也不是斯捷涅維茲，甚至連波蘭本身都不是。打起精神面色羞紅地想想看，你的祖國就是你自己！……人除了住在他自己之中，他還曾居住過別的什麼地方？即使你身處阿根廷或加拿大，那你也是在你的家中，因為故土不是地圖上的一個點，它是人活著的本質。

別再在你自身中培植虔敬的幻想和謬誤的傷感了。不，在家中我們並不幸福……

我說：不要自作多情了。不要忘了只要你住在波蘭，你們之中沒有一個人是牽掛波蘭的，因為它是日常的一個事件。而另一方面，今天，當你不再住在波蘭，因而波蘭亦更有力量地住在你心中，並且它應該作為你最深刻的人性，作為世世代代研磨過的作品存在於你的身上。要知道無論是在何地，當一個年輕人的眼睛在一位姑娘的眼睛裏發現他自己的命運的時候，一個家園也就誕生了。無論是在何時，當憤怒或讚歎衝出你的雙唇，當邪惡遭到了一擊，當智者之言或貝多芬的樂曲點燃了你的靈魂，導引著它進入非世俗的領域，不管它是阿拉斯加還是赤道，一個家園也就誕生了。如果聽憑卑瑣扼殺你身上的美麗，就是在華沙的薩克森廣場，在克拉考的集市，你也會成為一個無家可歸的流浪漢，沒有支腳的家的軀體，漫遊者，無望的殘酷的賺錢者。

然而，不要失去希望。在這場尋找人生深層意義和它的美的戰鬥中，你並不孤單……

　　1939年6月，維陶德·貢布羅維茲（Witold Gombrowicz）隨旅遊團到了阿根廷。在航船就要起錨返程的一剎那，這位小說家突然變更了主意，留在了阿根廷。這年他35歲。直到1963年，他才終於回到歐洲，定居於法國南部的旺斯（Vence）。三年之後，這位作品遭禁、再也沒有機會踏上波蘭故土的藝術家為他的流亡生命畫上了句號。他得到了安息。

　　「此心安處是吾鄉。」他的真正故鄉自始至終沒有離開過他一步。這是寬厚的世界給它的漫遊者的最偉大的福佑。

　　貢布羅維茲永遠地安歇在了他自己的故鄉。

愛因斯坦之夢

　　阿爾卑斯山巔開始借晨曦漸露輝光。6月將盡，愛爾河邊一舟人解船離岸，沿阿斯特拉色順流而下到哥本街送他夏天的蘋果和莓子。烤麵包的來到馬克街的店鋪生起爐火動手和麵。耐代橋上，兩個戀人依偎在一起癡情地凝望着橋下的流水⋯⋯

　　如此的詩情和畫意就這樣不動聲色地展開了《愛因斯坦之夢》(*Einstein's Dreams*)。艾倫·萊特曼(Alan Lightman)，這部異常美麗又深刻的虛構作品的父親，一個任職於麻省理工學院既教授物理又兼帶文學寫作的文理兩棲才子，使我聯想起那位以數學和邏輯學立身，卻以一部不朽的《愛麗絲夢遊仙境》名世的路易斯·卡羅爾(Lewis Carroll)。我無意在這裏把兩部作品加以比較。但顯然，《愛因斯坦之夢》不是一部孩子們讀的書。它是一系列變幻不居的時間之夢，是一部視點獨特的關於時間與生命的文學沉思錄。

　　1905年是人類思想史上極重要的一年。這一年，一個在瑞士專利所謀職的名叫愛因斯坦的年

輕人，發表了一系列即將令世界目瞪口呆的天書般的文字。這一年代和這一地方正是萊特曼用來組織和結構這部小書的敘述主幹。全書依照這年4–6月間的30天斷為整整30短章，前冠之以序曲，三篇間曲夾中，最後殿之以終曲。寫實與敘夢、幻象與沉思空靈自然地溢出紙背。萊特曼是思想造境的魔術師。

「試想時間是一圓環，首和尾相連。世界重複着自己，分毫不差，無止無盡。」在這樣的一個世界裏，人生該是一種什麼樣的呈現呢？人們不會知道自己將世復一世地活下去。經商的不知道自己會一而再、再而三地討還同一個價碼。從政的不知道自己會在時間的循環裏，從同一個講壇發出無數次的吶喊。身為父母的珍愛着孩子的第一次笑聲，彷彿他們不再會聽到它一樣。熱戀中的人頭一次害羞地寬衣做愛的時候，驚異於靈活的腿股和嬌嫩的乳頭。他們何以會知道每一次隱秘的瞥視、每一次觸摸都將一而再、再而三地重複下去，一如既往？在這樣的一個世界裏，喪失牽引着獲得，永別連接着再生。

萊特曼寫他「時間如流水」的世界，「時間呈三維」的世界，「機械的與肉體的時間」的世界，「時間依高低垂直排列」的世界，「絕對時間」的世界，「因與果變幻不居」的世界，「走

至盡頭的時間」的世界。時間在萊氏手中像一塊巨大的拼圖板，轉瞬之際展現給你另一種神秘和另一種力量。

走進「時間膠着」的世界。城鎮的一部分膠着在歷史的某一瞬間不得自拔。同樣，個體之人也滯止在他們生命的某一點上難以脫身。這個世界的悲劇就在於沒一個人是幸福的，不管他滯止其中的是痛苦的日子還是快樂的時光。這個世界的悲劇就在於人皆孤身獨處。因為一個過去的生命是無法為現在分享的。陷入時間也就是陷身於孤寂。

「水波拍擊了河岸，河岸又修補了自己。樹上的葉子飄落下來像一群鳥排成了V字。當雲聚成臉形，臉形就不會消失。」這是一個時間的流逝會帶來愈益增加的秩序的世界。哲人們申辯說，如果沒有走向秩序的趨向，那麼時間也就沒有了意義。過去是無序的、混沌的、離散的，未來則是有序的、有組織的、聚合的。假如時間的這一意義無法兌現的話，未來也就無法同過去區別開來。「一系列事件就會像上千部小說中多不勝數的隨機性場景。像入夜慢慢凝聚於樹梢之上的霧，歷史將不得凸顯。」

不知你這樣想過沒有：當生命的記憶不復存在，世界將如何表述它自己？萊氏極精彩地給出

了一個解答。這就是他所謂的「沒有記憶」的世界。他告訴我們，這是一個只有「現在」的世界，「過去」只存在於書本中、文獻裏。為了認識自己，每個人都帶着他自己的「生命之書」，書裏填滿了他生命的足跡。沒有這部「生命之書」，一個人便只是一張快照，一個二維圖像，一個鬼影。隨時間的推移，這「生命之書」變得越來越厚，直到人再也無法卒讀。這時人即有了選擇：上了歲數的人也許唯讀前邊的書頁，瞭解他們的年輕時代；也許唯讀最後，瞭解他們剛逝的歲月。有的人乾脆全數放棄此冊，也就棄絕了往昔。在這些人看來，昨天是窮是富，是學問滿腹還是徹底無知，已變得沒那麼舉足輕重了。甚至根本就不存在一個昨天。

萊特曼寫一個「時間如飛」的世界，再寫一個「時間如止」的世界。雨滴在空中一動不動。棗、芒果的香氣懸在半空。一個旅人從隨便一個什麼方向走近這個地方的時候，他的行速會越來越慢。他的心跳漸緩，呼吸漸弱，體溫漸降，思維漸散，直至他走進死的中心，完全停止。這是一個「時間呈同心圓擴散」的世界。時間從靜死的中心向外行進。有兩類人是註定想到這永恆的中心朝拜的。有孩子的父母和戀愛着的情侶。他們夢想着幸福的定格。不過，有人說最好還是不

要走進去。時間流動中的生命雖是一隻盛滿悲哀的容器，但活着就是高貴的。沒有時間也就沒有了生命。

……八點零四分。打字員走進辦公室。愛因斯坦把手稿遞給她。這是他的「時間理論」。他走回辦公桌，坐了一會兒便又起身向窗子走去。他年輕激蕩的思緒早已凌越遠方生機勃勃的阿爾卑斯山巔。「天不早了，有誰知道時間呢？」他也許不會想到若干年後在普林斯頓闡發他的時間理論的時候，他會在聽眾面前這樣輕鬆地一語雙關開一個時間的玩笑。而萊特曼卻是極嚴肅地用文學講述着他的時間之夢的。

廚煙裏的大仲馬

聖誕赴美前大雪夜同沈公昌文諸友在京城大
取燈胡同格格府小聚。自然，點酒和叫菜由美食
家沈公包辦，輪不到我們一干人插手。沈公點了
野山菌火鍋，又叫了份切片老鴨及下酒小菜。火
鍋香氣開始蒸騰的時候，于奇從對面遞上一冊新
書。書是臺灣出版家郝明義兄主編的「網絡與
書」系列的第五種，書題叫《詞典的兩個世界》
(*A History of Dictionaries*)。窗外夜色裏雪靜靜飄
着。窗內諸友圍坐之中火鍋正呼哧哧耐心燉着老
鴨。還有點時間。趕緊把霧濛濛的眼鏡擦擦亮，
趁機翻閱起來。

也許這書，也許這白色冬夜裏友人相聚的溫
馨，也許這眼前撩人的酒菜一下子激活了我想像
力的胃口，我忽然想到了大仲馬。不是文學的大
仲馬，是美食家大仲馬，而且是辭書編纂家的大
仲馬，是《文學的美食家》(*Literary Gourmet*)的
作者沃爾夫(Linda Wolfe)稱之為「傑出的傳奇作
家，傑出的食客」(illustrious romancer, illustrious
eater)的大仲馬。

詩意的烹飪巨編

　　大仲馬(Alexandre Dumas père)，1802年出生，1870年辭世。用「著作等身」來形容他一生的著述都有些對不起他。迄今，譯成漢語的不過《三劍客》《黑鬱金香》《基督山伯爵》等區區幾種。而Michel Lévy frères et Calmann Lévy版的《全集》收了他的作品33卷，這還遠非搜羅殆盡。大仲馬自稱他的文學創作有四五百卷之多。據說，他對拿破崙說過他的作品多達1200卷。他的《我的回憶》(*Mes Mémoires*)從1852年出到1854年，煌煌20卷才從童年寫到1832年作者30歲。難怪，他的傳記作家面對傳主浩瀚的作品世界——戲劇、短篇小說、長篇歷史小說、傳奇、遊記、回憶錄——無一例外都有無從下手的困惑。

　　除個別作家，如安德列·莫洛亞(André Maurois)外，大多數研究大仲馬的文學批評家都有意或無意地漏過了作者生前寫就的最後一部著作——《烹飪大辭典》(*Grand Dictionnaire de Cuisine*)。這一出版於1873年，即作者辭世後三年的烹飪巨編，就連1910–1911年問世的《大英百科全書》著名的第十一版介紹大仲馬的文章中，竟也隻字未提，好像大仲馬生前從來就沒有寫過它一樣。但當年，巴黎所有著名的餐館曾是怎樣

地翹首以盼那個「寫作使其富有，耽吃使其貧窮」的文學美食家啊，因為大仲馬的光臨代表了對大廚們手藝最高的恭維。

《烹飪大辭典》法文原版我當然無緣見到。我手頭所有的是The Folio Society 1978年倫敦一版，1979年二印的英文選譯本*Dumas on Food*。編譯者Alan Davidson和Jane Davidson披沙揀金，從一千餘頁法文初版中篩選了富於歷史趣味，或至今仍在流傳的烹調主題及方法，擇其可讀性強者細加校訂，於是就有了這冊326頁的「精編本」。

常有評家詬病大仲馬的「多產」，認為大部分掛着「大仲馬」標籤的作品均是他的合作者代為操刀之作，他的作品存在着大量失實之處。西諺有云：「荷馬有時不免打盹。」這也難為了大仲馬。況且，他豐富的想像力和高超的敘述技巧深得同時代大文人的欣賞也就夠了。寫《金銀島》的史蒂文生放下大仲馬，心裏竟有說不出的哀傷，因為「這世界對我來說再沒有任何地方能像這些書頁這麼迷人了」；寫《名利場》的薩克雷讀《三劍客》竟至廢寢忘食，足見大仲馬的魅力。那麼，從一種寬容的閱讀心態來看，這樣一部技術細節與詩意相交織、科學與偽科學相遭遇、軼聞趣事與平實描述相混合的烹飪巨編，也就不必要求它事事非與今天的真實相吻合了。大

文人、辭典編纂家約翰遜博士(Dr. Johnson)對辭典有過妙論:「辭書如鐘錶,最糟糕者也強過沒有,而最精良者也不能指望它總是走得準確無誤。」(Dictionaries are like watches, the worst is better than none, and the best cannot be expected to go quite true.)想想看,大仲馬連為自己設計的紀念章上的出生年月日都錯得一塌糊塗,即使想對這樣的人來個求全責備,怕也一下子鼓不起劍客般的勇氣,於是只好順從地依着「趣味」這一知識最好的嚮導的指引,乖乖走進他為我準備好的由一個個詞條烹製成的美味的精神盛宴。

狗肉源考

　　大仲馬講完了法國盛產蘋果之地及蘋果的分類後,轉述了博那丁(Bernardin de Saint-Pierre)對諾曼第省蘋果樹起源的解釋:維納斯女神從阿喀琉斯的母親、美麗的海女神忒提斯(Thetis)眼皮底下拿走了獎勵美麗的蘋果。無緣參加選美的忒提斯決心報復。一天,維納斯下凡來到高盧人(the Gauls)轄下的海濱,尋找豔麗的珍珠打扮自己。一個海神的侍從從岩石上盜走了她放在那兒的蘋,然後把它交給了海女神。忒提斯立即將蘋果的種子種在了附近的鄉野以此永遠銘記她的

復仇與勝利，這就是凱爾特的高盧人(the Celtic Gauls)會有那麼多的蘋果樹並且當地的少女會那麼美麗的原因。這樣的文化詩意奠定了這部辭書的可讀性。

今天，在大多數西方人眼裏，吃狗肉被視為十足的野蠻人行徑。大仲馬卻指出了它的西方起源，稱得上是以牙還牙，以眼還眼，樂得我一個愛吃狗肉的人想像之中五體投地立即把大仲馬當成了懺悔胃口邪惡的莊嚴神父，這辭典也立即變成了我飲食贖罪的莊嚴教堂。大仲馬在「狗肉」一條裏指出亞洲人、非洲人、美洲人全吃狗肉。其中他談到中國人養狗、用蔬菜餵狗的奇怪習慣。他談到狗肉在當時只是皇室桌上的珍饈，而平民百姓只有眼睜睜瞧瞧的份兒。想想昔日皇室宴、今上百姓桌的狗肉，不免湧起今昔之慨。

當年大名鼎鼎的庫克船長(Captain Cook)生了一種怪病，虧得狗肉湯救了他的命。羅馬博物學家普里尼(Pliny)說燒烤的小狗味道好極了，常被人拿來祭神用。大仲馬更引述了公元三世紀希臘作家波非羅斯(Porphyrus)對於吃狗肉習俗源起的解釋：一天，獻祭用的狗肉有一塊兒掉在了地上。祭司順手撿起來想把它放回祭壇，不料熱騰騰的狗肉燙了他的手。情急中出於本能，他把手指伸進嘴裏，卻意外發現指頭上的肉汁味美

至極。祭神儀式結束後，他迫不及待地吃掉了一半狗肉，並把剩下的帶回家給老婆嚐嚐。從此以後，每當祭神完畢，夫妻倆總要大快朵頤，好好美餐一頓。隔牆有耳，狗肉好吃的滋味不脛而走，結果一發不可收拾，是人都想品味品味，於是乎，烤狗肉很快便風靡了希臘。

大仲馬畢竟是大仲馬。普普通通的題材到了他的手裏就會變得趣味盎然，就像他的妙手之炊——有一次，家裏的廚子不在，他竟能用大米和剩下的幾個番茄滿意地打發了十來位客人。喬治·桑在1866年2月3日的日記中有這樣的記載：「大仲馬做了整整一餐飯，從湯到沙拉！八九道極美的菜。」

流動的美味

回到辭典，就是淡者如「水」，他也寫得津津有味，真真是智者樂水。大仲馬談水先點出自己「已有五六十年只是飲水」，筆鋒一轉，他說，喝葡萄酒的人從葡萄酒中所體驗的樂趣，哪能敵得過他從一杯沁涼的、未被污染的純淨泉水中得到的樂趣。他聲稱一個品得出水的滋味的人完全配得上美食家的雅稱。外省人路經巴黎，總是抱怨塞納河水多麼糟糕，大仲馬強壓怒火為塞納河辯

護：「塞納河為解200萬不知感恩之人的渴已變得疲憊不堪。」塞納河清澈、輕盈、味道純正、飽含氧氣的水質是其他任何河水都無法相比的。

善於講故事的大仲馬更來了興頭，他不失時機地講述了一個修士與水的故事：修士們從來沒有真正愛過水，在他們心目中，水不過是「乏味的液體」（dreary liquid）。一個方濟各會的修士總是殷勤地造訪主教的廚房。一天，主教舉行盛大晚宴，修士碰巧來到主教轄區。主教向聚集的眾人介紹了修士。這時候，幾位女士高聲叫道：「主教大人，為什麼不捉弄捉弄修士讓我們開開心。把他叫來，我們給他一瓶漂亮的清水，裝作是獻給他一瓶上好的葡萄酒。」主教經不起磨，也就答應了。於是人們當場在一個窄瓶裏裝滿了清水，把瓶子貼好標籤，叫來了修士。「兄弟，」女士們說，「為了主教和我們的健康請喝下這酒吧。」聰明的修士立即識破了她們的把戲，他不露聲色，聲音裏充滿虔敬道：「主教閣下，我不會就這麼喝了它，您還沒為這瓊漿玉液賜福呢。」主教說：「兄弟，這大可不必了。」「不，主教大人，以天國所有聖徒的名義，我懇求您賜福。」女士們開始交頭接耳，最後她們也幫着懇求，主教只好答應了她們。修士叫來僕從，微笑地對他說：「尚帕涅，去，把它拿回教

堂，方濟各會的修士還從來沒有嚐過聖水呢。」好一個聰明的修士。

大仲馬談「茶」也談得有味。茶在1666年路易十四統治中期傳入法國。他談到七八種茶，說法國人常飲者有三種：一種葉子捲曲；一種葉子深綠近黑；一種葉尖、色白、味奇香。綠茶法國人少飲用，因其能醉人，多飲會影響人的神經。細心的外國遊客到了俄羅斯發現那兒的飲茶怪事──女人飲茶用中國造的瓷杯，而男人卻用玻璃杯。為什麼？據說，Cronstadt是歐洲最早製造茶杯之地，造出的瓷杯質地細膩，透過杯中液體尚可見到杯底Cronstadt字樣。茶水越濃，杯底字跡也就變得模糊難辨。有些茶店老闆為了多賺錢，常常偷工減料，少放茶葉，這樣一來倒出的茶水自然顏色偏淡，而杯底Cronstadt字樣一目了然，顧客便會大喊着揭穿店家的欺詐行為：「都看到Cronstadt這個字了！」店家眼瞅着露餡兒也無可爭辯，只好再乖乖沏一壺新茶端上。偷雞不成反蝕一把米。後來，店家乾脆改用透明的玻璃杯，反正清濁效果都一樣，良心再壞別人也終難抓到把柄。

有些詞條引人入勝又富於教益。大仲馬說「雞」原產印度，並且提到一種骨黑肉黑的「烏雞」，以及羅馬人閹割公雞母雞的做法。科斯島

人教會了羅馬人把雞圈在暗處養肥的技術。後來，羅馬街道上四處都是亂跑的肥雞，迫使羅馬執政官Caius Fannius通過一項法令嚴禁大街上餵養家禽。另外，依照Caius Fannius的「取締揮霍浪費的法令」，除普通農戶養的母雞外，其他的雞一律不能上桌。

大仲馬幽默地筆鋒一轉說，既然法國不存在這一法令，所以「我們將解釋如何使雞肉味道變得鮮美的方法」。他說，有一次美食家布伊亞–薩瓦蘭(Brillat-Savarin)病得不輕，醫生囑咐他要節食。有好友聞訊到府上看望，見老先生用刀剖開一隻童子雞，便憤憤不平地問：「這就是一個病人的飯？」「朋友，」布伊亞–薩瓦蘭答，「我在吃蕎麥和大麥。」「那這雞怎麼回事兒？」「是這樣。這雞吃了兩個多月的蕎麥和大麥，現在該輪到我活下去了。想想看，摩爾人把蕎麥傳給我們的時候，他們給了我們多好的禮物呀！蕎麥才使童子雞肉精緻細膩如此誘人。」大仲馬饞涎欲滴地展開想像的胃口：「我經過鄉下，見到遍野的蕎麥，不由讚美起這好處多多的植物。花開時節，空氣中飄着清香，這清香令我迷醉，我在想我分明嗅到了童子雞的香味。早晚有一天，它會跑到我的餐桌上！」這醉人的文字也只有大仲馬這樣的老饕才寫得出來。

妙筆烹熊掌

　　大仲馬談「蒜」，談得味道十足，數行文字竟勾勒出了蒜的文化史。他說，誰都熟悉大蒜，尤其是那些應徵入伍的新兵，他們用吃蒜來獲得除名。誰都分辨得出大蒜的味道，只是吃過大蒜的人不知道靠近別人的時候，人家為什麼要唯恐避之不及。阿特納奧斯(Athenaeus)提到吃了大蒜的人從不走進祭獻母神西貝爾(Cybele)的神廟；維吉爾(Virgil)談到收穫時農人在烈日炎炎中吃大蒜增強體力；詩人馬可耳(Macer)說，農人於可怕的毒蛇出沒的地方用大蒜防止自己因困睡去。埃及人酷愛大蒜而希臘人卻討厭它。羅馬人吃起大蒜來津津有味，但賀拉斯(Horace)則痛恨它，因為據說剛到羅馬頭一天他就因吃大蒜煮的羊頭而消化不良。西班牙的卡其底爾國王阿方索(Alphonso)極討厭大蒜，1330年他頒佈法令，規定凡吃大蒜或洋蔥的騎士至少一個月內不能進入宮廷，也不能同其他騎士來往。普羅旺斯的菜主要靠的是大蒜，這個地方空氣中飄滿了蒜香，呼吸起來極利於健康。

　　大仲馬當年在《記遊印象》系列中曾寫過一篇題為「熊排」(Bear Steak)的文章，立即引起讀者大嘩。正人君子人人憤怒，堂堂文明歐洲竟有

人吃熊肉，而且作者還將其娓娓道來！文中涉及的旅店老闆怒不可遏寫信譴責大仲馬，並在報上署名聲稱他從未給遊客供應過熊肉。當遊客讀了文章，慕名而來，開口即問：有熊肉賣嗎？店老闆更是氣得恨不能鑽進地縫。大仲馬的回擊簡潔幽默，他說如果這個蠢貨想到先答應說有，然後端上驢肉、馬肉、騾子肉而不是熊肉什麼的，說不定他早就發了。在這一詞條裏大仲馬解釋說，他當時本來可以告訴讀者今天他在辭典裏要告訴的，可當時他才踏入文學門檻，不得不為自己留條後路。不過，這篇文章的功績是，從此歐洲人變文明了，熊肉火腿不是隨處可得了。

大仲馬不愧是一流的文學美食家。他如數家珍的故事像他妙手的廚藝，三下兩下就令人胃口大開。聽他談熊：住在寒冷之地的黑熊只有當人襲擊它們的時候才會去襲擊人，而奇特的是，熊從不襲擊婦女，它們只是尾隨着她們，偷她們採集的果子。西伯利亞的亞庫茲人（the Yukuts）遇見熊會脫帽致意，稱熊為主人、老爺子或祖父，答應不僅不襲擊它，也不說它的壞話，但一當熊要襲來，他們會毫不猶豫地開槍。若是殺死了熊，他們就把它大卸八塊兒，放火上燒烤，一邊享受美味，一邊還念念有詞：「吃你的是俄羅斯人，

不是亞庫茲人。」禮儀與實用結合得如此完滿，做人算是做到家了。

俱往矣。如今，魚可得，熊掌已不可得，即使可得，吃了也算犯法。沒料到大仲馬筆下竟保留了熊掌誘人的色和香，過過乾癮總說得過去。他轉述了普魯士皇室掌廚人Dubois的熊掌烹飪法：在莫斯科、聖彼德堡等地，熊掌是帶皮出售的。將熊掌洗淨，塗上鹽，放入陶罐，澆上用醋、酒、香料等配製的醃汁，浸泡二至三天。在有柄砂鍋中擺上煙薰肉、火腿片和切碎的時蔬。將熊掌放在蔬菜上，澆上醃汁、肉汁清湯、少許煙薰肉碎屑，以文火慢煨七八個小時，煨時隨時添加湯汁勿使其焦乾。熊掌烹好後，留原汁中放涼。倒掉湯汁，揩淨熊掌，豎切為四條，上灑辣椒粉，在融化的熱豬油中滾動，然後沾麵包屑放火上烤半小時，之後，放入已澆上辛辣調味醬的大盤中，亦可用兩勺無籽小葡萄乾醬調味。讀到這兒，不動心才怪呢。

不僅在這色、香、味俱全的烹飪辭典裏，就是在他的其他虛構作品中，美食家大仲馬也隨時可令你饞涎欲滴，而且他每每會借用人物的嘴帶出他的吃的哲學。在《三劍客》第二部續編《貝拉日隆子爵》（*Le Vicomte de Bragelonne*）裏，他栩

栩如生地描述法王路易十四的一次晚餐。路易十四的食量不僅驚得劍客們目瞪口呆，還不時迸出吃的妙語。食客Porthos得友人暗授機宜，為博路易十四歡心，拼命大吃大嚼，甚至忘掉了紳士應有的吃相。果然，路易十四大為欣賞，對眾食客說：「一個紳士，每頓晚餐吃得這麼痛快而且牙齒又生得這麼漂亮，他不可能在我的王國裏不受到尊敬。」又說：「幹活賣力的人才吃得痛快。」能吃成了忠誠勤勉的象徵。難怪十九世紀德國哲人費爾巴哈(Ludwig Feuerbach)有言：「吃什麼東西就是什麼樣的人。」(Der Mensch ist, was er ißt.)

文學美食絕代相遇

大仲馬生前曾希望見到《烹飪大辭典》的英文版，可惜未能如願。大仲馬死後，法朗士(Anatole France)曾幫助校改過辭典的手稿。法朗士說：「我該驕傲地說這書是我寫的，但大仲馬才是該領受這一榮譽的人。」出自法朗士之口，這個評價應算不低。當然，他的這部辭典絕非劃時代的獨創，也不像他在其中多處援引的同時代布伊亞–薩瓦蘭的《口味生理學》(Physiologie du goût, 1826)和更早的《老饕年鑑》(Almanach des *gourmands,* 1803–1812)那樣具有重要的文體學意義，但大部分憑記憶完成的這一辭典巨編仍可視為大仲馬燦爛文學生涯最後的皇冠，甚至可以說是文學的大仲馬與美食家的大仲馬最完美的一次漫長的文字相會。

兩天裏讀完辭典的條目，這才意識到窗外下了整整一天大雪。聖誕已至，而且是潔白色的。合上書的一刹那，我的目光停留在書名頁前取自辭典法文原版的作者暮年像：已不是青年的瘦削、雙眼深陷且有神的英俊樣了。略顯發福的他，一頭灰髮，一臉祥和，一身合體的大翻領西裝。馬甲後雪白的襯衫上打着黑亮的蝴蝶結。右手輕撫大腿根，左手按着左下腹，一副志滿意得的樣子，是在生命快走向盡頭的時候憶起了他剛剛開始要征服這個世界時的情景？那年，他21歲。他向勉強度日的母親借了53法郎，來到巴黎求助父親當年在拿破崙軍隊中的老友福伊(Foy)將軍。見了面，將軍問他會什麼。數學？地理？物理？大仲馬面紅耳赤答不懂。法律？希臘文？不會。記賬？一竅不通。將軍萬般無奈、一臉愁苦，只好叫他用筆寫下他在巴黎的住處，以便機會來時聯繫。他剛寫完自己的名字，將軍就興奮地叫起來：「天哪，我們有救了！你寫得一手好字！」他成了奧爾良公爵的書記。他一邊感謝將

軍，一邊躊躇滿志地說：「現在我靠我的字過活，總有一天，我向您保證，我會靠我手中的筆來生活。」文學家大仲馬果然靠了他手中生花的妙筆，養活了他那張精緻、細膩且無比挑剔的美食家的嘴巴。

早逝的布魯姆

從書架上抽出一部書來。這是艾倫·布魯姆(Allan Bloom)的《走向封閉的美國精神》(*The Closing of the American Mind*)。眼望着白底綠字的紙套封，像與久別的舊友再一次相逢。

何來如此感慨？1987年來美，適逢是書剛剛推出才登暢銷書榜的時候，即熱手購得平裝本一部。細讀之下，深為著者充滿哲思、徵引宏博、論證縝密的手筆所折服。一部批判當今美國文化的學術性論著能寫得如此犀利、冷峻而又令人難以釋卷，實在是現代文明生產的超量文字垃圾裏偶一見及的橙黃色金子。1990年二度來美，在紐約著名的Strand書店又見其精裝本以4.95美元標售，心癢之下又購一部。圈點過的平裝本隨之送給朋友，而這部精裝本一待插架，從此侯門一入深似海，難得我的問津了。何獨我哉？整個美國的思想文化舞臺好像什麼也不曾發生過一樣，泰然、自信、翻着花樣地擁抱未來。偏偏著者布魯姆未到卸裝之時卻壯志未酬身先死。人走茶涼。雄踞《紐約時報》暢銷書榜首達十一個星期之

久的遺孤兒便被時尚炎涼請進了特價書店甚或廢紙廠。

好在真正思想的壽命既非暢銷書榜上的星期數目所能界限，亦非貶值了的書的售價所能衡定。思想的生命自有它挺拔頑強的一面。不該凋謝的終究不會凋謝。

看人看眼。一部書的架勢多少可以從書的題目中品味到幾分。

正題：走向封閉的美國精神；副題：高等教育如何辜負了民主並枯竭了當今學生的靈魂。嗅到火藥味沒有？是不是有着摩拳擦掌的召喚？不去衝鋒陷陣少說也得手握一卷淋漓暢快一番？且慢！布魯姆也許會令人大失所望。不，他簡直逼得你連呼上當，咬牙切齒恨不能把書擲到這個「右派」作者的鼻尖上。因為你會發現這其實是一部「最徹底反民主的書」。他強有力的炮火不僅搖撼着你對「民主」的信念，更糟的是，在他疏密有致、條分縷析的攻擊下，你很難組織起你自己同樣有力的回擊。無怪乎當年有人驚呼：這是一部最迷人、最微妙、最精深、最危險的著作！

執教於康奈爾時，年輕的布魯姆同一位心理學教授進行過一場關於教育目的的論辯。那位教授說他的功用就是要排除學生心中的「偏見」。

布魯姆則認為他對所謂「偏見」相對的一方究竟為何物一無所知。這使他想起四歲時一個小夥伴告訴他說世上根本沒有什麼聖誕老人時精神所承受的冷酷打擊。這個令他難以揮去的故事的背後，凸顯着他對美國人的精神現狀及未來前景的嚴肅詰問：當虛無主義，特別是文化相對主義聲稱以平等的真理的耀人之光照亮並焚燒掉人類傳統的所謂「偏見」的時候，人的靈魂是找到了救贖還是更加遠離了自己的家園？站在現代文明的講壇上，布魯姆實際上是在延續着自柏拉圖的《理想國》到盧梭的《愛彌兒》這一人類漫長的求索真理真義的激情對話。

文化相對主義的精髓在於它所引以自傲的思想的開放性。布魯姆則果敢地切開了這個大動脈。所謂思想的開放性在布魯姆看來有着截然不同的兩類。一類是對於一切都表現得無所謂。人的智性的驕傲變得卑躬屈膝。人可以成為任何他想做的人，只要那不是一個知者；而另一類則引領着人們去追求知識與絕對的價值，人為一種求真求善求美的慾望所驅動。

布魯姆批駁相對主義的開放。他認為時下所說或所崇尚的開放其實是一種「隨大流」的盲目，是降服於強權或者膜拜世俗功利的一種方式。真理的至上權威被剝奪殆盡。自然權力或歷

史的起源遭到蔑視。人們不再從自然天性的威嚴的視角出發來認同或者揚棄舊的與新的信仰。它向着所有的人、所有的生活方式、所有的意識形態敞開了大門。除去那些多少有所保留的思想者之外，它簡直沒有任何敵手。在現今這樣一個一切都已不可能是絕對，卻堅信着自由的絕對性的文化氣候下，布魯姆滿含激情地質問：當公共的福祉的目標或景觀不再為人們分享了的時候，維繫整個社會的那個社會契約還有沒有存在的可能？

布魯姆對當今西方女權論的攻擊相當清晰地體現了他的這一思想構架。他毫不留情地指出以「解放」為己任的女權主義實質上是從「自然」中得到了「解放」，而非是從「常規」與「社會」中得到了解放。它不大要求什麼法律的廢除，更多的是要求法律的進一步制度化。他不無尖刻地評論道：「本能遠遠不夠。囚禁的負面情結的確存在，可究竟缺少的是什麼則不得而知。」

當年在雅典市場金幣叮噹震響的街上，蘇格拉底漫步沉思着。布魯姆則坐在芝加哥他塵囂之中舒適的雅致書房裏伴着一盞孤燈，一絲不苟地為現代美國靈魂做着冷靜的診斷。只可惜，他竟先他的患者早去了一步。天知道，也許是校園中

令他鄙夷的空洞無物的搖滾樂使他失去了耐心，過早去會見他的老師蘇格拉底、柏拉圖、盧梭、弗洛伊德了。

感冒談趣

俗言：牙痛不是病，痛起來要命。仿此，我們常常避之不及卻又去之乏術的感冒，也可歸入這「是病非病」之列。

近讀英國文人普里斯特利(J. B. Priestley)1930年出版的散文集《露臺集》(*The Balconinny*)中的「説感冒」(Code Idder head)一篇，見其頗得個中真諦，不免手癢急於介紹給讀者諸君。説不定，在此寒風蕭瑟之冬日，不幸或有幸被感冒的精靈造訪的人能多少恢復些精力，從文學而不是病理學的角度重新審度感冒，當肉體的味覺遲鈍之時，正不妨讓精神的脾胃健旺。

普氏提筆置問：上星期的感冒從何而至？雙腳既沒沾濕，身體又沒曝曬於外，常動於戶外並不缺乏新鮮的空氣。這些慣常感冒病因的解釋無一不是無聊醫生「煞有介事的蒙騙」。而思之再三，普氏得出自己的結論：是「邪惡的小神」(the malicious little gods)作怪！這裏的「小神」絕非「細菌」(microbes)的形象化比喻。他們真真是「神」。當他們覺察到人的血肉之軀「開始

在世上感到越來越愜意的時候，便起意來調教調教我們」。

「其中，有個北極神，通手冰涼，深更半夜奉命潛入我們臥房，一經到達便將他邪惡的食指捅進我們睡衣輕點我們背部。」渾身如烤炙而背部卻有一小片冰涼的普氏只能接受這一被神靈之指觸摸的「超自然」解釋。而且，他還不無得意地希望布萊克(Blake)也能捕捉這一詩意的瞬間，早該把這一意象筆之於畫幅。可惜得很，也許詩人兼畫師的布萊克從來就沒有受到這些神靈青睞的福份。

幾天的涕泗橫流用盡了櫃櫥中的手帕。「我總是感到饑餓，卻無法享受美食。茶喝起來充滿怪味。我不得不把煙斗放在一旁，這實屬無奈，因為煙草帶上了一種可怕的異味。」「吸煙斗人中的卡薩諾瓦」尤對感冒令他疏遠心愛的煙斗而憤憤不平。就這麼一個你並不覺得生了病的病在剝奪你其他該享的樂趣外，憑什麼還要剝奪尤在此時更加令人依戀的煙斗呢？

既然，患了感冒的你並不覺得真正的病樣，那又是一種怎樣的感覺呢？照普氏的說法，那是一種介於不病和大病之間的感覺，是一種「怪異的(queer)不適」。這一「不適」令人生厭，把活人變成了活鬼。流淚的眼睛、通紅的鼻頭、沙

啞的嗓子，像是裝扮起來逗人的小丑，自己的辛酸深深埋藏着，還得容忍家人不當回事的訕笑：「噢，你在感冒！」

病要生得重才可堂而皇之。輕者如感冒不免偷偷摸摸小家子氣，既無大病的莊嚴戲劇性，也無大病令人敬畏的尊嚴。於是，就連感冒也最好能達到生病狀態的權利抑或特權的峰巔。這正像菲爾丁劇作《堂·吉訶德在英國》中的堂·吉訶德那樣：「桑丘，讓他們管我叫瘋子吧，我還瘋得不夠，所以得不到他們的贊許。」寧當雞頭勿作鳳尾。

比如生了大病，一下子「你就成了興趣的中心。醫生應招來巡診，親朋好友躡手躡腳進出你的房間，你簡直成了一個奇怪的充滿浪漫色彩的人物」。而生了感冒呢？自然風光頓減。沒有醫生會勸你遠足療養，沒有病情報告會送達焦慮不安的友人，沒有平心靜氣之聲來邀你吃特意為你準備的食物。「昂貴的水果不會自己摸到你的床邊。」而你成了家裏這一星期內的笑柄。的確，家人還會為你找這藥方找那藥方。可這些不過是「在已有的鬧劇裏再添些笑料而已」（to supply additional comic「business」to the apparent farce）。表面上看，大家在忙於治療你，可實際上人家卻在想方設法增加你的狼狽相以尋開心。他們讓你

「雙腳浸在芥子水裏，身上敷上泥罨劑，整個臉放進一個大蒸氣盆，裏面裝滿了奇怪的東西，而臉還要被一塊毛巾嚴嚴地捂着搞得你透不過氣，鼻孔裏塗上毒藥樣的綠玩意兒」。讀者諸君假如也迫不得已身陷此境，是否也會和普氏一樣覺得滑稽可笑，有種被人戲弄的難堪甚或羞辱？

言至此，普氏仍意猶未盡。他的奇異思緒正像他對付那些「可惡小神」時用去的數不清的手帕一樣取之不竭。感冒把一個正常的幸福之人毀掉，卻又不能讓他一嘗作為病人的滿足。它把人幸災樂禍地拋進無聊的空中，讓人胃口全無，將人變成逗樂的丑角。而所有這些還不是感冒所能加之於人的最糟糕的後果。更糟的是它們會帶走一個人的活靈魂：

但凡一場感冒降臨到我身上，我便很快成了一個完全不同的造物，顯而易見屬於更低層次的造物。就像安徒生「白雪公主」裏的小矮人一樣，對於一切我都有了不同的看法。我的情感全都改變了。那些充填我可憐軀體的高貴熱情飄逝無蹤。我哪兒還在乎什麽真、善、美。音樂只是些惱人的噪音或令人困倦的鳴響而已。哪怕濟慈再把半打的頌詩優美如《夜鶯》和《希臘的甕》贈給我，我也不會向他致謝的。所有文學中激情的

或優雅的篇章此時變得大倒胃口。你可以把人的愛情和夢想的壯麗奇景鋪陳在我眼前，而從我這裏所能獲得的只不過是一聲渾濁的鼻息。……我把同輩之人不是看成過於奸猾的動物便是過於愚鈍的動物，一堆狡猾的狐狸和蠢鵝。對於他們的遠見、氣概、奉獻甚至好心我全都嗤之以鼻。只要我沾滿病菌的手帕一揮，我便揚棄了世上一切高貴、欣悅和激情的東西。

把小題做到這個水平還不算普氏的絕活。拿手的還在他機鋒畢露卻又不顯鋒芒的幽默。「我得了感冒時是這樣一個人。而我注意到，另一些人也和我一樣。有些人一定總是在得感冒吧。」

據說，沉悶的文字能同安眠藥比賽功效。那麼，靈動之文如此篇倒大可以同咖啡因一爭高下了。這不，我也鼻塞數日，浪擲了不知多少張面巾紙。不期讀此妙文，似乎也在昏昏欲睡的迷霧中「瞥見了我那正在回歸的靈魂」（have got a glimpse of my returning soul）。

書之愛

　　極覽群籍的文豪查理斯・蘭姆(Charles Lamb)
步入暮年之後，有一次，在寫給友人的一封信
中，吐過一句很淡又很濃的話。蘭姆説與從前相
比，他從書籍中得到的樂趣少了許多，但他喜歡
讀談書的書。

　　就我來説，雖距人生的黃昏尚差一大截子的
路程，卻也頂喜歡讀談書的書。別誤會。文才開
題就抬出一個蘭姆來是不是想攀附風雅、趁機沾
下老頭子的什麼洋光？不！我之所以着迷以至
醉心於這類人以「書話」二字概括的「談書之
書」，實在是自己從中品得了它那令人難以忘懷
的淳味。

　　我常覺得，翻開一部部韻味深長的「書
話」，就像是翻開了書籍生命史中一束束纏綿動
人的「情書」，那些個獨特、溫暖、奇異、坦
率、真摯、神秘的愛的自白。

　　《獵書人的節假日》(*A Book Hunter's Holiday*)的
著者、著名收藏家羅森巴赫(A. S. W. Rosenbach)
嘗言：這世上最偉大的遊戲是愛的藝術。愛的藝

術之後，最令人愉悅的就是書的收藏。難怪，蘭姆這位愛書者中的老將會把他黃昏的情感和記憶一無保留地交付給「書話」呢。他是把它們交付給了這世上最偉大的遊戲之一——書之愛的藝術啊！

愛書人的古老聖書

人說飲水思源。那麼，提起「書話」來也就絕不能放過《書之愛》(*Philobiblon*)這樣一部重要的小書。說重要，它是西方世界「書話」文類的開山之作。說小，連注釋算在內才不過百餘頁的文字。然而，在古今愛書之人的心目中，它不啻是部古老的聖書。

書題「Philobiblon」就是古希臘文「愛書」的意思。書的著者是十四世紀英國在教會與政界方面均有影響力的人物。他的名字叫理查·德·柏利(Richard de Bury)。

柏利生於1281年。他曾就學於牛津，精於哲學和神學。學業的優異使他應召延為愛德華王子即後來英王愛德華三世的太師。極可能是身受柏利氏文學趣味的感染，愛德華成了詩人喬叟(Geoffrey Chaucer)的文學贊助人。值得注意的是，1330年前後，他本人結識了詩人彼特拉

克(Petrarch)，1333年年底柏利氏榮任杜倫主教（Bishop of Durham）。據説，英王及王后、蘇格蘭王及其他各方顯貴均蒞臨了他的就職典儀。1334年柏利成為英格蘭大法官，兩年之後接任財政大臣。長期的病耗使柏利終於在1345年4月14日在奧克蘭(Auckland)結束了他的一生，享年64歲，而這部題為《書之愛》的小書剛剛於1月24日殺青。杜倫大教堂擁抱了他的遺體。

除去他政治、外交、宗教等領域的作為，我們更感興趣的則是那一個身裏身外滲透着書卷氣的愛書者柏利。

他的傳記作者錢伯爾(Chambre)提供過許多這方面栩栩如生的描述。據描述，柏利的私人藏書超過了當時全英國所有其他主教私人藏書的總和。他在不同宅邸各設書庫，而他的臥房全部為藏書所佔，幾無落足挪身之地。他的大部分閒暇時間都花在書籍堆中。日常起居，他有個雷打不動的習慣，每天就餐之時都要有人為他讀書，餐後必會討論所讀主題，除非有難得的客人到訪。他還是古老的牛津杜倫學院圖書館的實際規劃者。杜倫學院後遭毀，在其舊址上矗立起了著名的三一學院。雖然，杜倫圖書館倖存下來，但館藏之書全數散佚，甚至連其目錄亦不獲存。

在文學史上，柏利屬於憑藉着一本書而存留

於世世代代讀者記憶中的那一類幸運者。只要這世界還有愛書者存在，他和他的這部小書就不會死去。

《書之愛》的稿本存有35部。原稿以拉丁文寫就。最早的印本分別於1473年和1500年出現在科隆和巴黎。第一部英譯本出現於1598–1599年。其他版本在十七世紀相繼出現於德國及奧爾巴尼。眾多版本之中，由牛津三一學院學者、律師湯瑪斯(Ernest C. Thomas)譯述整理的1888年版公認是最具權威的。

湯瑪斯是個充滿激情的、理想型的愛書家。他用了15年時間比甄了28部稿本，字斟句酌，傾注了一個愛書家無私的愛。這一譯本本身亦成為英語文學中的典範之作。

兩年前身為窮學生的我在曼哈頓Strand書店珍本部見過該書的兩個版本。一個版式狹長，硬面精裝，字型及紙張均十分考究，幾十頁文字裝在一個薄而漂亮的紙套匣中，標價60美元，無奈嫌貴。另一個小開本雖僅15美元，卻又因沒能看中它不大理想的書品而一併放棄。如今兩部書早已從架子上消失得蹤影全無，即使想買也已沒了花錢的地方。每每憶及，心裏總覺惆悵。

書是真理的活水之井

這部小書共分20章。用柏利自己的話說，這20章文字是要詳細陳述人類濃烈的書籍之愛的意圖，展示愛書者事業的方方面面，為被人斥責為「過分」了的這一特殊之愛還個清白。

什麼是人類書籍之愛的偉大意圖呢？

求知是人類的一大天性。這一天性使人渴望獲得科學與智慧的共同財富。在柏利看來，這一財富超過了塵世上所有其他的財富。在它面前，「寶石變得一錢不值」，「銀子變成泥土，純金化為沙粒」。它奪目的光輝「使日月為之黯然」。它的甘甜「使蜂蜜與瓊漿變為苦澀」。它的價值不會因時光的流逝而消損。它是永在滋生着的美德，「為它的佔有者清洗所有的邪惡」。它是自天而降的靈魂的養料，「使食之者愈覺其饑，飲之者愈覺其渴」。而這一財富的所在就是我們稱之為書籍的聖地。在那裏，「凡詰問的人必得回答，凡尋覓的人必有所獲，凡大膽叩門的人，門必迅捷為其敞開」。在書的聖地，「小天使伸展着翅膀，求知者的理智可以飛升而上，極目四方，從東到西，自北向南」。在那裏，天上、地下、人間萬象紛呈，應有盡有。死去的彷彿依然健在。戰爭與和平的律法交相疊映。

沒有任何生命可以同書籍的生命相比。「高塔可以被夷為平地；城池可以被摧成瓦礫；勝利的拱門可以衰朽得無影無蹤」，而只要書在流傳，它的著者、它的人物將不朽而永生！

書籍的生命在於它所容納的真理，而真理是戰勝一切的東西，「它可以征服國王、美酒和女人，在世人眼裏它比友誼更加神聖，它是沒有轉彎的坦途，是永無終結的生命」。

真理可以有各式各樣的表現途徑。為什麼書籍和它結下了不解之緣呢？柏利的解釋是：潛伏於頭腦之中的真理是隱藏着的智慧，是看不見的寶藏，而借着書籍閃爍出的真理則訴諸人的每一個感官。讀之於視覺，聽之於聽覺，抄寫、裝訂、校改、保存之於觸覺……而以沉默的文字出現的書中的教誨則是人類最合格的師友。你可以坦然自若地與它秘密往來。在它面前，你用不着為自己的無知而臉色羞紅。它不慍不怒。它不拿手杖和戒尺。它從不求物質的酬報。面對書籍如此偉大無私的品格，愛書者柏利難抑他詩性的讚美：

(書籍呵！)你是活水之井[典見《創世記》第26章]！你是飽滿的麥穗，可以為饑餓的靈魂生產最甘美的食物[典見《馬太福音》第12章]。你是永遠結實的無花果樹，是隨需隨在的燃燒的油

燈。你是流淌着蜜，不，流淌着蜜的蜂房的岩石，是蓄滿生命乳汁的豐饒的乳房。

書籍不僅僅是物質形態的書頁的彙集，它們「是書寫出來的真理本身」。對於真理的追尋是每一個健全的心靈獲得純潔寧靜的幸福的一個重要根源，因為「幸福就在於運用我們所具有的最高貴和極神聖的智慧稟賦」。凡對真理、幸福、智慧、知識以至信仰滿腔熱忱的人，必然成為一個熱愛書籍的人。

二十章「書話」頁頁都流溢着愛書者柏利濃厚的書的激情。它不板着面孔，不乾澀噎人，透射着愛的暖意，散逸着詩的美妙。這是最為動人的愛書者的自白。

書之怨

依內容說，《書之愛》大致可分為兩個範疇或兩種不同的敘述途徑。一個範疇由人及書，由人的眼睛和心靈去描摹書的世界。這樣便有：論愛書者如何不得為書價所礙(第3章)；論聚書機緣種種(第8章)；論如何對待古人今人著述(第9章)；論何以要成為一個特殊的愛書者(第14章)；論愛書的受益處(第15章)；論借書行為種種(第19

章)。另一個範疇則由書及人,書成了有呼吸、有思想的生命。它們不僅以書的眼睛觀察紛雜的人間相,還可以用書的嘴巴詳說與人類共處的苦辣酸甜。這個角度來得難、新、奇,既深化了柏利對書籍之愛的倡導和推崇,更添加了這部「書話」的閱讀趣味。我以為那以「書籍的抱怨」種種為題目的四章文字,是全書之中最為精彩別致,也最具有文化史研討價值的地方。

人性自私的黑暗首先為書籍揭露了出來。它們把一腔的憤怒灑向了那些過河拆橋、忘恩負義的新晉升的神職人員。書籍們提醒這樣一些靈魂:

> 你所言如童稚,所思如童稚,哭泣著如童稚般乞求分享我們的乳汁。而我們,為你的淚水所打動,徑直地把文法的乳頭伸給你吮吸……直到你固有的野蠻被帶走,而你得以開始借我們的口舌宣講美好的神的聖跡。這之後,我們為你穿上正而善的哲學之袍,即修辭學與詭辯術……因為那時你還一絲不掛,像一塊尚待刻寫的泥版……這之後,為使你長出撒拉弗之翼翱翔在基路伯之上,我們為你插上算學、地學、天文學與音樂這四翼,然後送你到一個友人的家門口,只要你不停地敲門,你就會借到三大塊三位一體的知識面包,那裏包含著每一位訪客的最終極的幸福。

書籍以其神聖的力量把恐懼與死亡從神父們身旁驅散，讓令世俗之眼耀目的光環閃爍在他們的生命之途。而這些人一旦登上榮譽之巔即棄書如糞土，再也不去顧念與愛護他們的養育之源了。書籍從先前最尊貴的家園被隨意驅遣，四處流亡。狗與鳥這些喪志玩物取代了它們的位置。而最可怕的是教士與之私通的書的大敵——女人。

值得一提的是，女人被視為書籍之敵實在是西方漫長厭女思潮的一個精彩範例。女權主義論者早已把它當成了文化批判的靶標。從書籍的眼中，我們不妨再一次身臨其境地領略一下這一思潮的活態：

> 我們告誡我們的養育之子要遠避女人甚於遠避毒蛇與蜥蜴。因之，由於嫉妒我們的書房而且從不通情達理，當她終於在某個角落發現我們僅為一張死蜘蛛之網保護着的時候，便皺起眉頭以惡言惡語數落我們。

女人聲稱屋內全部傢俱之中就數書籍最累贅，抱怨書籍派不上絲毫的用場。她要把它們變賣以求換成昂貴的帽子、衣料、皮革、羊毛……書籍成了女人物質慾望難得滿足的最大障礙。

書籍失去了往日溫暖的家園。更有甚者，

「連那些古時穿在我們身上的外衣，如今竟被暴力之手扯破。我們的靈魂被劈成兩半，我們匍匐在地，我們的榮耀化為土塵」。

極精彩的是，從書籍兩眼含淚的控訴中，我們似乎越來越清晰地見到並走進西方中古文化的殿堂：日常生活與學術生活森嚴的等級，厚古薄今的學界的傲慢，以學識劃分的階層的高下。柏利實際是在用最經濟的筆墨書寫一部中古文化的斷代史。

愛書的火種

不滅的油燈，不停地抄寫，不休止地鑽研業已成為遙遠的過去。「有其父必有其子」卻被證明是天大的謬誤。書籍們無上嚮往地緬懷着此前的世世代代，因為它們是這一代不肖子孫的痛苦見證——「杯盞與耽飲成為今天僧侶們的閱讀與研習」。書籍們驚呼，如果再不勤勉於學，「全部宗教都將坍塌，所有獻身的美德都將乾涸如陶片，人不再會為世界射出光亮」。排除其中鮮明的禁慾主義色調，這些永恆的書卷似乎是在掃視着今天的我們！

精神意義上的境況的悲涼引出了書籍們的又一個抱怨。在書籍的眼中，那些雖不在物質意義

上加害於它們，卻僅僅把它們當作炫耀時的談資的所謂讀書之人，更令它們感覺悲傷。這些人之所以讀書，「不是為了靈魂欣悅的澄明，而僅僅為的是取悅他們聽眾的耳朵」。知識和智慧的真正追求者與知識和智慧的表面裝飾者，使書籍們聯想到了耕耘的牛和在牛旁邊貪吃的驢子。

> 啊，懶惰的漁人！只用別人的漁網，而一旦網破了，自己竟無技來修補⋯⋯你分享着他人的勞動；你背誦着他人的研究，以你的懸河之口你談吐着不求甚解學來的他人的智慧。就像模仿聽到人話的愚蠢的鸚鵡，這些人也成了一切的背誦者，而卻沒有自己絲毫的創意⋯⋯

戰爭是人類帶給書籍的最大劫難。書籍對這一天敵的抱怨構寫出古代書籍的聚散簡史。在對無以數計的戰爭損失的哀輓中，書籍只有對天祈願：

> 願奧林匹斯的統治者與萬物的統馭者保障和平，驅散戰爭，在其治下永固安寧。

柏利通過書籍為世世代代的人打開了一扇透視歷史與文化的永恆的窗口。在這窗口外升騰起

的他所篤信的宗教的霧靄中，我們還是那樣清晰地領略着一個愛書者不熄的情感火焰。柏利同這朵火焰一起永生着。

將書拿在你的手中，就像義者西門那樣將年幼的基督擁入自己的懷抱，護愛他、親吻他。當你將書讀完，合上它，把你的恩謝奉給出自上帝之口的每一個字，因為在主的田地裏你找到了隱秘的寶藏。

堪培斯的湯瑪斯(Thomas à Kempis)代表柏利傳遞着書之愛的火種。這段虔敬之語正是古老又常新的書之愛的見證。Philobiblon！

有絕世舞者

一千零一夜不連貫的思索

　　很久很久以前，在一個遙遠的地方，一個孩子靠獵鳥生活。那時候，世上的人還不會講故事。

　　有一天，孩子獵鳥獵了很久。天色暗下來。他在一塊巨石邊找了個棲身之地準備休息。正當他坐下要把一塊礫石磨來做箭頭的時候，一個低沉的聲音突然說道：「讓我來給你講一個故事。」孩子一驚，四下張望，卻不見任何人影。「你是誰？」「我是Hahskwahot。」孩子這才意識到，原來是身邊站立的巨石在發出聲音。「好呵，那就講給我聽吧！」孩子說。「不過，首先，你得把你打的鳥送一隻給我做禮物。」巨石的聲音在說。「好！給你！」孩子說着便把一隻鳥放在岩石上。接下來，低沉的巨石的聲音給他講述了一個神奇的故事，一個前世裏萬事萬物如何如何的故事。聽完故事，孩子回了家。可那天晚上，好奇的孩子又回來了。他又帶來了一隻鳥，又把它放在巨石上，然後坐下來傾聽。「哦，我給你講個傳說。講完這個再給你講另外

一個。你要是聽得困了可要告訴我，這樣你可以回去休息明天再來。」

一個夜晚過去了，又一個夜晚過去了。孩子開始把別的人帶到這兒和他一起傾聽巨石的故事。聽故事的人越來越多。而孩子呢？他早已長大成人了。終於有一天，巨石低沉的聲音對他說：「你也會蒼老。但在蒼老的暮年你定會得到這些傳說的相助，因為你現在是洞悉前世故事的傳人了。不管你走向何方，你都會得到人們的盛情款待。」

如果説阿拉伯人的《一千零一夜》從講述一開始就通過謝赫拉查德(Scheherazade)揭示給我們「講述」是拯救生命的前提或延續生命的必要條件的話，那麼，這個易洛魁印第安人的故事則揭示給我們：「講述」把意義帶進人的生活世界而人通過「講述」企及生活世界的回報。同時，它更進一步揭示給我們：世界的大隱秘只展示給充滿誠信與驚奇的「童稚」的眼睛。

這樣，劉再復「漂泊的哲學」的意義也就必然存活在他童稚般的信念與不斷叩問的眼睛裏。難怪，他會寫道：「哲人問：小溪流向江河，江河流向大海，大海又流向何方？我回答：大海流向漂泊者的眼裏。」這是謝赫拉查德式的生存宣言。他「漂泊」，於是他「講述」；他「講

述」，故他必「漂泊」。在作者的精神視野裏，漸漸清晰的五卷文字《漂流手記》《遠遊歲月》《西尋故鄉》《漫步高原》及《獨語天涯》(香港天地圖書出版公司、上海文藝出版社)的板塊在精神宇宙的無限中漂流開去的時候，一個意義的大陸正在形成。當我們說劉再復的「漂泊的哲學」的時候，我們指的正是這即將成形的文字的大陸，這一大陸的基本構造是真的人的精神尊嚴和力量，以及由這兩種充滿高貴的生命元素所構造的文字熔岩中噴突出的智性的美麗和奇異。

《獨語天涯》以及它的副標題「一千零一夜不連貫的思索」恰如其分地揭示了他「漂泊哲學」的內涵。正像對死亡的體驗一樣，「漂泊」的體驗必然是完全個人性的。這就註定會使劉再復「漂泊的哲學」完全劉再復化。而劉再復化也就意味着從「群體性」的生存狀態中掙脫，在遼闊的宇宙大背景前孤獨而悲壯地展示微弱卻是鮮活的聲音、思想以及信念。這是一種以力的「個體」警醒向冰冷的恐怖「群體」進行挑戰的堂‧吉訶德式悲劇意識的個人化展現。從他的「漂泊的哲學」裏我們看到了：他失去了「群體」喧囂的恢宏，卻獲得了「個體」的清晰聲音；他失去了「群體」的虛妄，卻獲得了「個體」的真實；他失去了「群體」豬玀般舒適的媚俗，卻獲得了

「個體」的蘇格拉底式智慧的欣悅。他的「漂泊的哲學」的價值在於它告訴世界：真正的漂泊者其實什麼都不會失去。真正的漂泊者其實只有獲得。

漂泊的本質在於叩問。而「真正能夠叩問的是眼睛」〔雅貝斯《邊緣之書》(E. Jabés, *The Book of Margins*)〕。由於眼睛的「叩問」，劉再復的「漂泊的哲學」便成為一種動態的、持續的、引人入勝的「行動」。哲學不再是純書齋式靜觀的沉思。哲學變成了「觀念的歷險」(懷特海語)中思想者「悲劇式」的，從而也就是「英雄式」的行動。眼的叩問的終極在於「看見」，而「看見」意味着頑強地「打開一扇一扇的門戶」〔雅貝斯《問題之書》(*The Book of Questions*)〕。「看見」的慾望乃是真正獨立思想者生命的全部，既燃燒在它的起點也燃燒在它的終點。「看見」來自肉體卻又超越了肉體。當視覺的肉體性黑暗吞噬了博爾赫斯的時候，「看見」的慾望卻讓他在常人的悲劇中找到了救贖。「失明不該從悲憫的角度看。它應被視為一種生活方式——眾多生存風格中的一種……當一個關閉的世界被轉化成一種力量的工具去打開另一個世界的時候，不幸之人也就得到了幸福的救贖。」〔博爾赫斯《七夜》(*Seven Nights*)〕命運是公平的。非自我性的

「關閉」往往意味着更多的開啟，正像自覺的放棄往往意味着更多的獲得。

不妨說，生存是穿越時間的「看見」，那麼永無終結的「看見」，即作者筆下「眼」（無論是肉體性的還是精神性的）漂泊式的不停叩問，則是真正思想者穿越生命與思想空間的生存。古希臘尋找金羊毛的阿爾戈英雄（Argonauts）有句名言：「要緊的不是活着，要緊的是去航行。」（The essential thing is not to live，the essential thing is to navigate.）〔馬迪－依巴涅茲《水晶的箭簇》（Marti-Ibanez, *The Crystal Arrow*）〕其實，思想叩問的過程本身就是航行。它從浩淼時空縱橫交錯的座標上延展着思想者的生命。我叩問，故我在。

眼睛是靈魂的窗口。那麼，當「大海流向漂泊者的眼裏」的時候，我們必然期待着「看見」思想者漂泊靈魂的本質。我們發現我們走進了一個被作者界定為「童心」的世界。

「童心並不只屬於童年。形而上意義的童心屬於一切年齡。」（第342段）作者以「孩子」這一意象為他的「童心」進行了多層次、多角度的界定：「孩子的眼睛無遮攔。」（第329段）「孩子的眼睛佈滿大問號。」（第332段）「孩子無需包裝，孩子無需面具。」（第343段）「孩子心中沒有猜疑和碉堡。」（第349段）「孩子往往能回答成人理性

無法回答的問題。」（第352段）「童心視角，不是無知，不是幼稚，而是透過聰明人所設置的種種帳幕，直逼簡單的事實與真理。」（第360段）

就像安徒生《皇帝的新裝》中的孩子，他的逼視有着可怕的穿透力，他看到了真實的赤裸，還要將這一真實毫不留情地刺破。德里達(Jacques Derrida)所説的「……眼睛令人致命地睜開了」(the lethal opening of the eye)，正是「童心」視角強大文化穿透力的另一哲學佐證。沒有穿透力的叩問無論如何不能被稱之為思想者的真叩問。

當文化的「童心」視角如深秋的花朵日漸凋零的時候，文化的真實還能剩下多少？人的真實還能剩下多少？生命的真實還能剩下多少？

思想者，你得思想。你得真實地思想。你得摘下面具如孩子一樣地思想。一個低沉的聲音在天涯獨語着。

是呵，「救救孩子！」

卡夫卡與中國文化

今年夏天的炎熱據説是美國歷史上破紀錄的。勞碌了一週,逢至週末,卻眼見窗外扎眼的太陽和紋絲不動的樹影,哪裏還有戶外遠足的慾望?唯一可做的不過是閉緊房門與窗讓空調和這悶熱交手。找些書來翻翻,竟也抵了些暑氣,平撫一下起伏不定的心緒,這倒並非是在着意模仿當年周作人的閉戶讀書。

隨手拿來的是半年前買到的幾冊英文舊籍新刊平裝本。每冊雖僅幾美元的價錢,可至少對於我,它們全是些頗有價值的寶貝,像阿蘭的《諸神》、齊奧朗的《存在的誘惑》(Emil Cioran, *The Temptation to Exist*)、安德里斯·索羅美的《弗洛伊德記》、尤涅斯庫的《日記斷片》、巴什拉的《火的精神分析》(Gaston Bachelard, *The Psychoanaliysis of Fire*)等。而這部爭議性極大的捷克作曲家古斯塔夫·雅努赫的《卡夫卡談話錄》(Gustav Janouch, *Conversations with Kafka*),則令我難以釋卷。撇開那永遠澄不清的可信度,即使把它看成一部虛構的文學對話錄來讀,它的文字魅

力和它所試圖呈現的思想家卡夫卡的精神世界也會帶給我極大的欣慰和收穫。

卡夫卡相當熱愛古老中國的繪畫與木刻藝術，他也相當熱愛古老中國的精神財富，於中國古代典籍頗有涉獵。從該書中可以體味到一個充滿着熱愛，卻不得不從翻譯的語言中領略和採集異域思想風景的孤獨探險者的艱辛與堅韌。

雅努赫一次帶了一部老子《道德經》的第一個捷克文譯本，來見任職於布拉格「工人意外保險」機構的卡夫卡。卡夫卡懷着極大的興致，流覽着小小一卷紙張很差的譯本，之後他把它放在辦公桌上說道：「對於道家我已研習頗久了，我盡可能地收集譯本。底德里奇出版的這一思想流派的德譯我已收集得差不離了。」隨後，他打開辦公桌的抽屜，從中取出五部黃色黑飾布面精裝的書來，分別是老子、莊子、孔子、列子等人的著作。

「這可是了不起的寶藏呵！」「是呵，」卡夫卡說，「德國人講究全面，什麼東西在他們手裏都會弄成個博物館。這五部才是全套的一半。」「那麼你還要收集剩下的？」「不。現有的對我已經足夠了。它們是一個大海，人很容易被它淹沒。在孔子的言論裏，你還立得頗穩；可後來，一切都越來越溶入黑暗。老子的言論簡直

是頑石一樣難以破碎的堅果。我為它們深深吸引着，可它們的內核卻對我隱藏着不露。我讀過多少遍了。我發現就像一個玩玻璃彈子球的孩子一樣，我跟着它們從思想的一方到了思想的另一方，卻絲毫沒有前進一步。在這些格言式的彈子球遊戲中，我只是發現了自己智力範疇無望的空洞，它們根本無法界定或者適應老子的遊戲。這是一個令人沮喪的發現，所以我放棄了玩彈子球。其實，我才半懂、半消化了這些書中的一部。」

思想家痛苦卻誠實的坦白，不能不令人產生出一種對於勇氣的讚美。看來，卡夫卡真是讀懂並消化了孔老夫子「知與不知」的教誨。

卡夫卡把書放回抽屜裏。雅努赫稍覺痛苦地說：「我一竅不通。坦率地講，它們對我來說簡直深不可測。」

卡夫卡先是一愣，繼而看着雅努赫緩緩地說：「這很正常。真理總是一個深淵。就像身在泳池，一個人必須敢於從瑣屑的日常經驗的顫巍巍的跳板上一躍而下，沉入深底為的是再浮上來，笑着掙扎着呼吸，浮到現在已變得加倍光明了的事物水面。」

我不得不放下手中的書喘口氣。活到這麼大，怎麼這才意識到自己原來離這游泳還差得遠呢？!

博爾赫斯的夜空

　　世上有些書卒讀一遍尚覺其多，而有些書每讀一遍仍嫌其少。博爾赫斯這部百餘頁的小書即屬後者。

　　就我個人的覽讀體驗，大抵小說家、劇作家、詩人的「正式」文字以外的隨感性文字更有一種磁石般強大的吸力。這不僅僅由於衝破文體牢房之後的思想得以恣意地奔湧，更在於這些所謂的文之餘、詩之餘所勾畫出的智性的風景線上，常常可以極清晰地見到作者袒裸的心靈，聽到心靈縱深處潛動着的靈性的水流。隨意揮灑出的文字之中，奇異的想像力量、對生命意義的詰問、對美與善不倦的開掘，會在我精神的窗框鏽跡初露的時候呈現出一種全新的、生機勃勃的境界來，一束自文字的天國投下的光照射進我慵怠了的身體中。

　　博爾赫斯是一束光，然而他本人卻無法以自己肉體的眼睛來檢視光明。《七夜》(*Seven Nights*)是一束光，雖然它的文字是被暗夜一樣濃黑的外封與書題包裹着。

《七夜》收集了1977年夏博氏在布宜諾斯艾利斯(Buenos Aires)所作的七篇文學講演稿。七篇文章中竟有三篇涉及了「夜」這一主題：一篇談噩夢，一篇談《天方夜譚》，一篇談失明。博爾赫斯行雲流水似的想像尺幅上凸顯出一片片超驗的景觀。

他說他常做的噩夢有兩個：一個是迷宮，一個是鏡子。在博引了文學史上若干著名夢例後，博氏作結道：夢其實是一種審美性作品，也許是人類最古老的審美表現。夢具有一種戲劇的形式。在夢中，人既是劇院亦是觀眾，既充當角色又是劇情故事本身。夢是夜的虛構作品。而噩夢中的恐怖性從一種非神學的意義上說，則是夢境所獨具的特殊的「品味」。

在年輕的西方人眼裏，東方無疑是一個神奇的大夢。而這夢的物質化的外觀，在博氏看來，是那部有着象徵意味的美麗的《一千零一夜》。從「一千」這個樸素的數目字中，他讀出了一種美的無限。無限的夜，數不清的夜，永無止境的夜。更何況在這已屬「無限」的後面再加上個「一」字。阿拉伯人說沒有一個人會把這部書讀完，這是因為在它的書頁前，人感覺着它的無限。博氏點出古代東方發達的文學與不發達的文學史所形成鮮明對比的原因：東方智慧所感興趣

的不在於事實的承續而在於對永恆過程的信念。文學正是這過程本身。走進《一千零一夜》，一個人會忘卻自身可憐的人的命運，進入一個多彩的、原型與個性完美交織着的世界。在這無限的長夜裏，人類延展着自己的希望。

最動人的無疑是那篇基於他親身體驗的題為「失明」的壓卷之作。

莎士比亞的詩行——「看那盲人能夠看得見的黑暗」——代表着人的一般的想像。盲人是被囚困在一個漆黑的世界之中。不，博氏卻告訴我們，黑與紅是失明的人無法「看見」的顏色。失明的世界是一個霧的世界，綠或藍微微放光的霧的世界。

1955年博氏收到一份至為奇異的禮物：他徹底失去了一個讀者和作家的目力，卻同時被任命為阿根廷國立圖書館館長。百萬冊典籍同永遠的失明一起叩響他生活的大門。他不得不驚歎命運凌越人的想像力的莫大諷刺性。他穿行在沒了文字的叢林裏。然而，魯道夫·斯丹納（Rudolf Steiner）的一句話卻打動了他：有的東西結束的時候，我們必須認為有的東西剛好開始。人只是計較着已經喪失的東西，卻極少去想着即將獲得的東西。對博氏而言，視覺世界不過是眾多可能性世界中的一個。只要勇氣未隨視覺而去，你的手

中就還握着塑造藝術的泥土。失明「不該從悲憫的角度看，它應被視為一種生活方式──眾多生存風格的一種」。當一個關閉的世界被轉化成一種力量的工具去開啟另一個世界的時候，不幸之人也就得到了幸福和救贖。

今夜，在我精神的窗外，博爾赫斯的星空分外燦爛。

叼着煙斗的普里斯特利

普里斯特利(J. B. Priestley)1949年首版的散文集《樂趣集》(*Delight*)的重印本共計不過170頁，而由醒目大字排印出來的「樂趣」種種竟達110條之多。極短一篇僅有這樣四句：「清朗夜自窗內望去但見三座燈塔在閃爍。這又怎樣？我不知道也懶得饒舌。試寫另一頁。」惜墨如金之筆的背後隱藏着的，是知足者的樂還是不知足者的樂呢？

常言：知足者常樂。現實中卻也未必然。西諺有云：對你而言是肉汁，對我而言乃毒藥。不免想到對這種「蘿蔔白菜各有所愛」的樂趣心理學參悟頗透的洪亮吉。洪氏在《卷施閣集》的「意言」部中有段生死之樂的妙論。論曰：「生者以生為樂，安知死者又不以死為樂？然未屆其時，不知也。生之時而言死，則若有重憂矣。則安知死之時而言生，不又若有重憂乎？……吾嘗飲極而醉焉。醉之樂百倍於醒也，以其無所知也。吾嘗疲極而臥焉。臥之樂百倍於起也，以其無所知也……吾於人之始生當吊之，以為日復一

日去死之途不遠矣。於人之死也，當賀之，以為雖或久或暫，然去生之途不遠矣。」可見，不知足者難解知足者之樂，一如知足者亦難嘗不知足者之樂。

對普氏來説，發發牢騷，對周遭現實冷嘲熱諷，竟也能成為體味人生趣味的一種姿態。若説，人生至樂的濃度指的是慾望與實現這一慾望的現實距離間差數的話，那麼「不知足者常樂」倒更恰當地代表了普氏的思想。關於這一點，普氏在此集的序文「一個發牢騷者的申辯」中説得很透徹。

普氏的童年和少年時代是在英國約克郡西區度過的。此地的習俗和偏見滋生着牢騷的根苗。在這樣一個「每當早晨，批評的刀刃都新磨一遍」(the edge of criticism up there is sharpened every morning)的地方，廉價的褒揚乃是一種恥辱。而「找茬兒與抨擊」(fault-finding and blame)便成了家常便飯，也更得人心。不僅如此，在普氏看來，連他的長相都是「金錢難買的上好的牢騷相」(money could not buy a better grumbling outfit)。何以見得？你瞧：耷拉的臉皮，厚厚的下唇，一對蜥蜴般閃亮的小眼，一副躁動卻渾厚的嗓音。真真是天生我材必有用(I was designed for the part)。入劍橋，進艦船街，上高山，下沙

漠，談文論劇，海內海外，開罪他人的牢騷發得不可謂不淋漓。淋漓出哲人。於是此公對於牢騷也就深得個中奧義。比如，女人憎恨牢騷不滿，以為這只會把事情搞得更糟。而他卻悟出「一個好牢騷」（a fine grumble）倒會使處境變好。他舉例證之：旅館的早飯難以下嚥。該抱怨還是不該抱怨？自然前者更可取。沒有早飯可口，畢竟有暢快的抱怨開心。不滿並非衝憤怒而去，反倒把樂趣之門一腳踹開了。

此外，我們萬不可把他人的牢騷當真。牢騷不過是表象。而表象，人的無意識的誇大，往往總是大於現實。然而身為作家，想要對得起作家的特權，自我沉湎性的牢騷則又責無旁貸。因為他「應當替那些無法輕易表達自己的人開口」。從社會性的後果考慮，作家的牢騷是風險最輕的。誰能開除他作家的職業？除非有誰能先開除他肉體的社會性存在。這是牢騷背後達觀的樂趣。「找茬兒」也好，「抱怨」也罷，在普氏看來，它們還是避免一個人「狂妄自大」「心滿志得」的法寶。不知足者乃有常樂！

從文集看，普里斯特利還是一個十足的煙斗崇拜者。他雖沒明言，可吾竊思之，竟意識到他的吸煙斗之道同他天生愛發牢騷的本性相合得如水和鹽。「噗」的一聲噴送出的是嗆人的濃煙，

而留在自家舌底的卻是沁人心脾的濃香。此乃真樂也！

　　據我所知，在中美洲叢林的深處有座破敗的廟宇，廟宇裏有塊木雕，已有兩千多年了。木雕上刻的是一個瑪雅人的祭司在抽一管兒煙。看來瑪雅人———願主保佑———是把淡巴菰的煙用作祭品奉獻給我們的太陽神，而比其他諸神的品味都精的太陽神便津津有味地品嘗着這一馨香的祭品。於是瑪雅人的祭司一邊噴雲吐霧，一邊沉浸在崇拜中。35年之久，冥冥之中，我也竟成了往昔的瑪雅祭司，遵循着我教派古老的禮儀。清淡的維吉尼亞和深色的波雷、濃重的別離刻和迷人的拉塔卡亞———我全都一磅一磅不惜代價地將它們奉獻給了這太陽神。極有可能我也已經把消化、睡眠、視力、神經以及能做個首相的最後職業祭獻了出去。我不後悔。太陽神遂願了，而我也從中領略了快活，有時是至樂。有人把這斥之為不潔的癖好。這些人也該審視一下我們其他的嗜好。在我，雖說煙草稅已高到我不得不變成一個走私販，我卻仍將繼續坐在我自己的中美洲叢林裏，快活地一任想像之鳥飛翔，在靜默中敬拜太陽神，將我煙斗中噴出的漸漸淡去的藍影與馨香祭獻給他。（「吸煙是一種崇拜」）

這一吸法，再深一層，說不定會造出什麼吸煙的神學來。而普氏則點到輒止。他還是在別人8點20分打開早上的郵件準備辦公的時候，一如既往地泡在熱氣蒸騰的浴盆裏，懶洋洋躺在那兒，「像隻粉紅色海豚」，既不打肥皂也不忙於搓身，半閉起那雙蜥蜴小眼，叼着煙斗，送着煙霧，心裏竊笑着別人對他「工作勤奮」的讚語（「在熱浴盆中吸煙」）。好一個對拍馬者的嘲弄（I am a toady in reverse）。

1930年普氏散文集《露臺集》（The Balconinny）中的「一種新煙草」（A New Tobacco），則早已更細緻地剖析了普氏所謂的吸煙的至樂。

文章是從收到郵寄來的兩錫罐磅裝煙草生發出來的。作為文評家，他時常收到出版商寄來的新書以求評點。「而為什麼沒人送來一筒新煙草讓我品頭論足呢。」為什麼？！「比起品評新的詩作或小說的樣本來，我更樂得去品評新牌子的混合煙草。」是呵，當一個久已厭惡了出版商充斥於書籍套封上閃爍其詞謊言的紳士書桌上，全部擺滿了各式各樣新奇、怪異的煙草錫罐的時候，這該是怎樣的一種變化。書有什麼了不起。他不僅要成為煙草的「品嘗者」（taster），更要成為煙草的「品評者」（reviewer）。

普氏借機噴出一口惡煙：「我向他們訂來這

兩錫罐磅裝煙草的煙草商們擺脫了時下文學界、戲劇界、音樂界和其他圈子內如此風行的吹捧、誇張炒作和大言不慚的謊言。他們只是寫給我一張頗有節制的短箋，箋中寫道，『我們不想褒揚這一煙草，但我們覺得您會發現它味道出奇醇美，質地絕對純正。』而那些被描述為地球上人類成就巔峰的文學充其量擔得起如許評價。」

漸漸消逝的煙幕後，普氏的蜥蜴小眼閃爍着對人生名利場憤懣的怒火和輕蔑的挖苦。在所謂人類精神一座座高不可攀的山嶽面前，他寧願同一罐罐微不足道的無名煙草交談。沒有華飾的淳樸令他銷魂。這正像他讀過的一篇小說中主人公體驗的那樣：當他拿起一盒嶄新的火柴，眼之所視、手之所觸帶給他鑿實而又靈動的樂趣。「我明白了他的意思。打那兒以後，每當我拿起一盒嶄新的火柴來的瞬間，我也體味到了一種微微的悅樂的搖顫。」（《樂趣集》，「一盒新火柴」）

普氏是個煙斗不離手的人(a heavy pipe-smoker)。煙斗之於普氏乃是他逃離意識的乏味和思想的痛苦的「最不內疚」的方法。比起那些弄權逐利、損人利己、把自己的偏見強加於人的做法，狠噴幾口煙霧也許來得更「和藹可親」。而不斷尋找完美煙草的過程，就像混合的煙草混合着絕望和新希望的「浪漫的發現之旅」。誰會懷

疑，那也許令人神魂顛倒，也許令人生厭以至作嘔的煙霧中時不時迸濺出哲人的思想火花呢！

人稱普氏為「吸煙斗人中的卡薩諾瓦」(Casanova of pipe-smokers)。這一稱謂是褒是貶已不重要。此一「卡薩諾瓦」對他不斷嘗試的「浪漫的發現之旅」自有他一番見解：

> 關於這種不堅定(數年換一種煙絲)和變數當作如是說。如果你不斷抽新品種，嘗試另一種品牌或者舊牌重拾以比較兩次的感覺，你是在挖空心思想把通常只是一種嗜好的東西提升到一種有意識的悅樂的層面。(「一種新煙草」)

一般人吸煙只是由於他們希望麻醉自己以掙脫「受傷的虛榮所帶來的劇痛」，「貧困帶來的羞恥」，「一個非國教徒良心的不停刺痛」，「煩躁不安」與「不滿」。而普氏更從煙霧中獲得了對生存本身的領悟——「我總是品味、欣賞着煙草，完全清楚它的不足和美妙，這是因為我在不斷做着實驗。」(「一種新煙草」)

至少在一點上我敢說，此一卡薩諾瓦與彼一卡薩諾瓦是相通的：他們都對他們的所愛投注着一種宗教般沉湎的情懷。

卡爾維諾，一個沒有講完的故事

　　六十二歲的伊塔羅·卡爾維諾(Italo Calvino)正盡全力為他再度造訪哈佛主持1985–1986年度艾里奧特·諾頓講座(Charles Eliot Norton Lectures)忙碌準備着。就在這一時刻，腦溢血悄然而神速地淹沒了他跳動的思想。人類文化史上一支奇詭的、變幻莫測的想像之筆竟這樣永遠擱下了它那蓄滿生命濃汁的軀體。公元1985年詩意的秋天，意大利小説家、散文家、翻譯家卡爾維諾成了一個沒有講完的故事……

　　對於卡爾維諾我知道得很晚，並且還是從一部女權主義文學批判著作中間接得知的。然而，他文字強大的魔力卻把我這匆匆一瞥變得永久難忘。現在，在我書房面對的書架上，十幾部卡爾維諾著作的英譯本整整齊齊地站立在那兒，這是他沒能帶走也永遠帶不走了的故事的精靈。

　　1923年10月15日卡爾維諾降生在古巴一對意大利籍農學家家庭裏，隨後跟父母遷返意大利。卡爾維諾進入都靈大學(University of Turin)打算攻讀農學。由於意大利捲入第二次世界大戰，卡

爾維諾被迫加入「青年法西斯」組織，參與了意大利對法國地中海沿岸的佔領。然而，1943年他轉而加入意大利抵抗陣線，在里格蘭山區與德軍周旋。兩年之後，他參加了意大利共產黨並開始為黨刊撰稿。談到他入黨動機時，卡爾維諾聲稱是由於當時共產黨似乎有着最現實的抑制法西斯捲土重來和收復意大利的方案。1957年卡氏退出意共，閉門不談政治，一心一意從事起他的文學創作。

卡氏早期作品有着極濃的現實主義色調。有人把它們比之為早期費里尼的電影。而其後期的創作則顯示了他思想叱咤風雲的才華。他的聲名輝耀在卡夫卡、博爾赫斯、皮藍德婁、納博科夫和羅柏‧格里耶眾人之間。

我至今還記得，在擁擠的從紐約布魯克林海濱公寓到工作地曼哈頓飛駛的地鐵中，我是怎樣如饑似渴地一頁頁翻讀着他的著作，心裏暗暗祈盼着時間走得慢而再慢些。卡爾維諾的故事永遠沒有重複的時候。他的超人意料的結構與敘述是他對讀者鑒賞力最真誠的尊敬。這尊敬的背後，是一個故事大師如入幻境的藝術手法和建基於這藝術手法之上的超越的自信。在被問及為何寫作的時候，卡爾維諾做了這樣的回答：「因為我從不滿意已經寫出來的作品，我想要使它更好，

天衣無縫，結局各不相同。」卡爾維諾沒有食言。文學語言在他手中已遠遠不是想像力的載體，它簡直成了卡爾維諾對世界承諾下的一個莊嚴使命。

在中古一片大森林中間有個供旅人歇腳宿夜的城堡。晚餐後，彼此陌生的各路來客留在了揩拭乾淨的餐桌旁。一個主人模樣的人在眾人面前攤出一副撲克牌。這是吉卜賽人用來算命的「塔羅牌」（tarot）。

> 我們開始將牌平攤在桌子上，牌面朝上，賦予它們遊戲中的恰當價值或是給出它們在算命時的真正意義。然而，我們大家誰都不大情願打頭陣，更不情願去探詢未來，因為我們彷彿被從未來剝離了出來，懸擱在一個尚未結束也不會有結束的旅途之中。從那些塔羅牌中，我們全看出了什麼異樣的東西，這東西使我們的眼睛再也無法從那鑲金的彩圖上移開。

有聲的語言為無聲的圖案取而代之。一次次沒有重複的牌的佈陣，沉默地揭開了為無形的命運聚在一起的每一個遊戲參與者的內心的隱秘——愛與背叛，邪惡與正義，征討與復仇，斯殺與寧靜……卡爾維諾《命運交叉的城堡》（*The*

Castle of Crossed Destinies) 以他一貫散文詩式的筆法，為小說敘述打開了一片全新天地。

《看不見的城市》(*Invisible Cities*) 是為卡氏帶來國際聲譽的一部傑出作品。表面上顯得異乎簡潔優美的行文卻處處透射着卡爾維諾的文化思辨。這裏順便帶上一個插曲。在紐約一個文友家的聚會上，一位名不見經傳的年輕詩人對卡爾維諾說：「我從未讀過你的任何作品。你建議我從哪部下手？」卡爾維諾建議他去讀《宇宙奇趣全集》(*Cosmicomics*) 和《 t 零》(*t Zero*)。一年之後，兩人又一次碰面。詩人說他讀完了他幾乎全部作品。「我覺得你錯了，《看不見的城市》更好。」

在金碧輝煌的可汗行宮裏，征服者忽必烈和旅行家馬可·波羅對飲坐談着。「你所説的城市並不存在。也許它們從來就沒存在過。可以肯定的是它們亦不會存在。為什麼你要用這些寬慰性的寓言來取悦我呢？」「不錯。您的帝國是染疾在身了，更糟的是，它在試圖適應它的痼疾。而我所求索的目的正在於：檢視尚未瞥見的幸福的痕跡，度量它的匱乏。如果想知道多濃的黑暗聚在你的周圍，那麼你就必須擦亮眼睛，捕捉遠方微弱的光亮。」

忽必烈與馬可‧波羅在對弈。征服者想：假如每個城市都像一局棋，一旦我掌握了規律，我就能最終擁有我的帝國，即便我永遠不會知道它包含的全部城市。一局棋非輸即贏。棋藝高超的忽必烈終於走到這一步——他贏了馬可‧波羅。毫無爭議的征服。

　　帝國諸多的寶藏不過是這一征服的虛幻的外套。徹底的征服被縮成一方帶格子的木棋盤，棋盤之上空空蕩蕩。這即是征服的終極？！

　　卡爾維諾在「城市與慾望」的主題下講述的西庇太(Zobeide)之城的起源，在女權/女性論理論著述裏已成了無以取代的經典例證。這一例證明示着：一個醜陋的男權文化之城是從一個關於美麗女性的世世代代的慾望夢幻中建造起來的。

　　《如果在冬夜，一個旅人》(*If on a Winter's Night a Traveler*)和《帕洛瑪先生》(*Mr. Palomar*)是卡氏最後的兩部力作。前者是後現代主義原則極為幽默精彩的文學構現，而後者則是一部自傳意味的預言式著作。作品結尾，作為一個既崇高又荒誕的世界的思考者，有着浮士德精神的帕洛瑪陷入沉思。他決定着手把自己一生的個個瞬間都描述出來。在所有描述沒有完成之前，他不再會想起死亡。而就在這個時刻，帕洛瑪死了。「死＝他自己＋世界－他」。莫非這是卡爾維諾為自

己預設的一個傑出的先兆？正像他諾頓講演集的題目《新千年文學備忘錄》(*Six Memos for the Next Millennium*)所提示的，他已為下一個太平盛世撰寫完了備忘錄。難道，他的記憶也應該為死亡所佔領了？

莎士比亞與他的博物學

莎士比亞是善於運用譬喻的文學大師。他劇作、詩作中串串妙喻信手拈來,俯拾皆是。飛禽走獸、花草樹木,宇宙萬象之性之情如魚入水貼切地融進一個個人物塑造中。莎士比亞的世界豈是一個區區「人生的舞臺」所能涵括盡的?!

據說,在他塑造人物時,光是提及的動物竟達四千餘處,所涉及的自然百草以及礦物等更是難計其數。深入完整地理解莎士比亞的傑作便無法拒絕步入他的博物學領地。然而,實現這一嚮往可並非一件易事。面對浩瀚的星空,第一束好奇的目光該投向哪裏?

偶然從Borders書店特價書桌上搜得一個小冊子。64頁精印彩圖本,書題為《莎士比亞筆下的動物》(*Shakespeare's Animals*),1995年英國Pavilion Books有限公司出版,嶄新之冊才用去三美元。從書的套封上得知還有一冊《莎士比亞筆下的花草》(*Shakespeare's Flowers*),迄未得見,自然當是必購之書。

從所購一冊來看,彩印動物圖取自牛津大學

圖書館所藏早期都鐸（Tudor）畫冊，甚有趣味。這一小冊子不是一部探究莎氏創作中動物主題的理論之著，它不過是以30餘種走獸飛禽為綱，羅列出莎劇中相關的段落。倒是書前引言稱得上是打開莎氏博物世界的簡明扼要的鑰匙。以獸擬人或以人擬獸乃是由來已久的傳統。本來自然就是同人文無法分離的。而由人文反觀自然，我們把人與動物間的關係可粗略劃分成這樣三個領域：首先是「超自然領域」。在這一領域中，動物被提升到神靈之格，如神話、宗教的敘述。其次是「非自然領域」。在這一領域中，關於動物的種種迷信或不實的解釋是其代表，動物只停留在動物格。最後是所謂「人文領域」。這一領域的代表是寓言、俗諺等，動物晉升至人格或人降至動物格。

十六世紀的博物志

莎士比亞絕非書齋裏的博物學家。他生長於斯的渥威克郡乃是鄉野之地。變幻的四季和大自然的生命充滿了他善於觀察的眼睛。他熟悉馴化了的動物，甚至追獵過（更準確說是偷獵過）野鹿。不過，涉及大量的博物學主題，他也就不能不依賴十六世紀末葉他所能接觸到的書本中的知識。

十六世紀末，相面術頗風行。所謂相面術就是把人與人在體質上相像的某些動物特質相提並論。波爾塔（Della Porta）的著作《人的面相學》（*De Humana Physiognomonia*）是此一時期的代表作。莎氏本人極有可能讀過它。不過，這部書是掇拾亞里士多德《動物志》（*Historia Animalium*）而成。《伊索寓言》歐洲版十五世紀流行之後，至伊莉莎白朝已成為學校必讀書。獸面人心的寓言勸喻故事風行一時。

　　莎士比亞也極有可能熟悉奧維德（Ovid）的《變形記》（*Metamorphoses*）。《變形記》是集古埃及、東方和希臘神話傳說中動物神格化的文學寶庫。旅行家和地理學家的記述，如意大利的馬可·波羅、英國的哈克路特也在真正的動物學誕生之前，以人對動物的興趣撫慰着當時人類想像力的饑渴。普里尼（Pliny）的《博物志》（*Natural History*）已有1601年的荷蘭德譯本。但最值得注意的是莎氏時代通行的一些博物學著作。雖說這些著作中多有荒誕不經之談，但它們乃是莎氏最有可能過目的。在真正科學意義上的博物學曙光初露之前，巫術、神話、迷信、想像是民間文化傳承中的重要因素，是當時人們日常生活的一個有機組成部分。莎士比亞的書本博物學知識超過了他同時代任何一個文人作家是一個不爭的事實。

希格（H. W. Seager）所輯，1896年在倫敦出版的《莎士比亞時代的博物志》（*Natural History in Shakespeare's Time*），是從書本知識入手探討莎士比亞詩與劇中所展示的博物知識的早期嘗試。這部厚達300餘頁的輯錄也非理論研討著作。不過，它頗有價值地將莎氏時代流行的博物學著作中種種觀念和解釋，同莎劇中有關段落章節摘引彙聚在一起。今天讀來，書中所引錄的文字尚有考古般的趣味盎然。

莎氏時代博物學方面的權威著作首推巴塞羅繆（Bartholomew）的《萬物性理大典》（*De Proprietatibus Rerum*）。據我所藏的十五卷本《劍橋英語文學史》（1949年重印「廉價版」）的描述：巴塞羅繆生為英人，後任巴黎一大學神學教授，大約1231年住在薩克森時他編纂成了是書。從今天科學的角度看，巴氏的自然百科大典無異於「童話式的科學」（the fairy-tale science），但在當時以至後來相當長的時期，它在中世紀學院裏被公認為一部經典。從學術史角度看，它是當之無愧的「第一部百科全書」。這部書在1398年由牛津出身的約翰・特利維薩（John Trevisa）譯成英文。1535年的巴瑟雷特版（Berthelet）亦流行一時。後者是對前者的比較增補本。與此相關的還有1582年白特曼（Batman）的「校訂增補本」。雖

稱「校訂增補」，實際上白特曼只是更多地做了些文字上以今替古的工作。莎士比亞有可能接觸到的是更古一些也更便宜一些的巴瑟雷特版。

另一重要著作是1490–1517年間相繼出過五版的《健康手冊》(*Hortus Sanitatis*)，中有木刻圖多幅，較珍貴。此書多涉及植物典故，僅有一小節涉及動物。托普塞爾(Topsell)的《四足獸史》(*History of Four-footed Beasts*, 1607)、《蛇類史》(*History of Serpents*, 1608)和穆菲(Mouffet)的《昆蟲記》(*Theater of Insects*, 1584)都是莎氏可能讀到的。其他相關著述包括：1577年出版的哈理森(Harrison)的《不列顛述略》(*Description of Britain*)，1596年版的傑拉德(Gerard)的《本草》(*Herbal*)，1640年版的帕金森(Parkinson)的《本草》(*Herbal*)，1595年版的拉普登(Lupton)的《萬物搜異錄》(*A Thousand Notable Things of Sundry Sortes*)以及大阿爾伯圖斯(Albertus Magnus)的《世界奇異錄》(*Of the Wonders of the World*)等。

莎劇中的蟲魚鳥獸

出於一種文化考古學的興趣，考慮到讀者諸君少有接觸到這些陳年故紙的可能性，不妨在此選取一些有趣段落，展示一下莎士比亞時代以博物知識

為代表的所謂「童話式科學」是怎麼一回事。

《特洛伊羅斯與克瑞西達》與《仲夏夜之夢》中均提及「硬石」(adamas)：

特洛伊羅斯：……像鋼鐵一樣堅貞，像草木對於月亮，太陽對於白晝，斑鳩對於它的配偶一樣忠心。(《特洛伊羅斯與克瑞西達》，第三幕，第二場)

但朱(生豪)譯缺「像鐵對於硬石，像地球對於地心」一句。

海麗娜：是你吸引我跟着你的，你這硬心腸的磁石！可是你所吸引的卻不是鐵，因為我的心像鋼一樣堅貞。(《仲夏夜之夢》，第二幕，第一場)

據希格言，硬石性與磁石相反，拒斥鐵而非吸引鐵，恐莎氏把它同磁石相混淆了。巴塞羅繆引Dioscorides稱：「此石(adamas)被稱為『和解與愛情之寶石』。將其偷偷放置於熟睡妻子枕下可測妻子守節否。若守節，妻子會在此石神力下緊抱其夫；反之，則會棄床離夫而去。」

《暴風雨》中提及「蝙蝠」：

凱列班：但願西考拉克斯一切的符咒、癩蛤蟆、甲蟲、蝙蝠，都咒在你身上！(第一幕，第二場)

巴塞羅繆言：「蝙蝠盲似鼴鼠，食塵土，吮燈油，性至冷。因之，凡塗其血於眼睫之上，睫毛不長。」

大阿爾伯圖斯言：「欲於暗夜睹物清晰如白晝或思暗夜開卷暢讀，塗蝙蝠血於面上，可立驗吾言之鑿。」

巴塞羅繆言「鶴」(crane)謂：「值更之鶴，一足握一石子，入睡則石子墜而醒之。」大阿爾伯圖斯言「鳥」一則更妙：「欲解鳥語，當於十一月第五日攜二友人並犬入叢林如狩獵然。取初獲之獸同狐狸之心相烹，食之人頓解鳥言獸語。他人欲得此，只需吻其人。」

《科利奧蘭納斯》中提及「駱駝」：

勃魯托斯：正像戰爭的時候用不着駱駝一樣；豢養它們的目的，只是要它們擔負重荷。(第二幕，第一場)

托普塞爾言：「Asphaltites湖區(即死海)，唯駱駝與水牛可遊過而無恙，他獸必溺沉。」而談到駱駝的精瘦，巴塞羅繆解釋為：「駱駝性至

熱。其肉精瘦，因血液中油脂蒸吸去之故。」

《終成眷屬》第五幕第二場談及「鯉魚」
（carp）：

> 小丑曰：大人，這兒有一隻貓，可不是帶麝香味
> 的貓，它自己說因為失歡於命運，所以跌在它的
> 爛泥潭裏，沾上了滿身的骯髒。

朱譯漏譯「大人，請用魚」（pray you, sir, use
the carp as you may）。據《健康手冊》云：「鯉魚
鱗似金，居於河湖間。此魚狡黠，極善脫網。如
入網中必周遊以尋出口，未得，則力躍空中以逃
脫。此魚時則於網下尋求躲蔽；時則嘴銜水草伏
於水底以避漁網以脫身；時則疾躍而上復又力衝
而下入於泥中，其尾得以脫網。此魚之腦隨月之
圓缺而大小，如多數魚類。四足類，如狼、犬等
亦然。」

《維洛那二紳士》第二幕第一場中提及「變
色龍」：

> 史比德：哎呀，少爺，這個沒有常性的愛情雖然
> 可以喝空氣過活，我可是非吃飯吃肉不可。

朱譯此段，初讀頗費解。「沒有常性的愛
情」原文為chameleon love。另，朱譯將《亨利六

世》下篇第三幕第二場中葛羅斯特的話：「我比chameleon更會變色」譯為「我比蜥蝪更會變色」。何以chameleon love可以喝空氣過活？巴塞羅繆的解釋可以解惑：「chameleon（石龍子或變色龍）之體色善變，以其體內血少故。其面如蜥蝪。爪尖而彎曲，體尖，皮韌似鱷魚。」又言：「其面如豬、猿之混合，尾長而尖，足分兩叉，爪類鳥，眼深陷，大而圓，其上覆以皮。」「其頭和喉以橡木烤燒可降雨雷。其性殘忍，然病時轉溫順。或曰：此物以空氣為活，如鼴鼠之恃塵土、鯡魚之恃水、火蠑螈之恃火然。」

托普塞爾的《蛇類史》更記其奇異之功曰：「此物可於樹上爬至蛇之上方，然後嘴中吐細絲如蜘蛛所為，絲尾綴毒汁一粒，晶亮圓潤，蛇取之立斃。取此物前足之右爪，以其皮縛人之左臂可避夜盜之懼。取其左足，以變色龍草在爐火中烘焦之，加塗脂少許，調成糊狀置於木盒之中，人攜之可隱形。取其內臟和糞便，以猿尿浣之，懸於敵方門上，宿怨必釋。其尾可令蛇眠，可止水流。」

動物學之紀實與想像

《特洛伊羅斯與克瑞西達》第二幕第三場中

朱譯漏譯一句，「大象生有關節，但不是為禮儀而用的」。

關於「大象」，《健康手冊》言：「大象，除幼年時，其腿、股無法彎曲。象腿無關節。」這一「無關節」的錯誤已為《四足獸史》所批駁。顯而易見，莎士比亞沒有犯此錯誤。象喜色的記載也頗有趣味。《四足獸史》記：「大象凡見標緻女色，頓從兇悍一變而為溫馴。」巴塞羅繆亦記：「有蠻人以此術獵象──二女裸其身，髮披散於肩行於荒漠，一女攜容器，一女持利刃。於途且行且歌。象聞女聲而悦，近歌女，舐其乳，陶醉於歌而隨之入睡。一女執刃突刺其喉或身側，一女執器以盛象血，此國之人以象血染布。」

《馴悍記》第二幕第一場中彼特魯喬與凱瑟麗娜的對話中提及「公雞」。「要是凱德肯做我的母雞，我也寧願做老實的公雞。」「我不要你這個公雞；你叫得太像鵪鶉了。」巴塞羅繆言：「公雞懼鷹和蒼鷹。其視力尤銳，可一目視地覓食而一目觀天以防鷹之不速而至。」與「公雞」相關且屢見前劇中提及的是所謂的「蛇怪」（basilisk或cockatrice）：

　　亨利王：可是，你不要走開；蛇王，到我這邊

來，用你眼中的兇焰殺死我這無辜的注視你的人吧。(《亨利六世》中篇，第三幕，第二場)

波力克希尼斯：怎麼！從我身上傳染過去的？不要以為我的眼睛能夠傷人；我曾經看覷過千萬個人，他們因為得了我的注意而榮達起來，可是卻不曾因此而傷了命。(《冬天的故事》，第一幕，第二場)

「不要以為我的眼睛能夠傷人」，直譯當為「別把我的目光當成是蛇怪的」(Make me not sighted like the basilisk)。「蛇王」也好，「蛇怪」也好，此為何物？

巴塞羅繆謂：「雞首蛇尾之怪乃眾蛇之王，蛇見之唯恐避之不及。其所嗅者、咬者立斃。此怪之氣息與目光亦可殺滅他物。飛禽入其視線者無不致傷……此怪長半尺，白喙。」《健康手冊》云：「頭尖，眼赤，色近黑黃；尾似蜷蛇，其身似雞……蓋此怪由雞而生；夏末一雞生蛋而由此是怪生焉……有目睹其出者言，此蛋無殼，然其皮韌不可摧。或曰蝮蛇或蟾蜍臥於蛋上，此怪得以孵出，不知信否。」托氏之《蛇類史》言：「此怪懼雞，如獅子然。既懼雞之視復懼雞之鳴。雞鳴充其身，立氣絕。」又引流傳的寓言

說：「往昔一國上下為蛇怪所害。一人持鏡往復不疲，令蛇怪之影像投射於蛇怪之面，蛇怪自睹其形，氣絕立撲。」

「貓」「狗」素為西人所鍾情。莎劇中屢見其喻。

《無事生非》第一幕第一場有培尼狄克的話：「要是有那麼一天，我就讓你們把我像一隻貓似的放在口袋裏吊起來，叫大家用箭射我。」據《健康手冊》，「公貓或母貓之污物同芥末與生醋混合可治禿頂」。又，「貓不潔有毒。據稱曾戰蟾蜍而敗於其舌毒，然倖免一死」。《四足獸史》言：「貓不潔、不純、性毒。其肉帶毒以其常食鼠及其他攜毒之物或鳥故。」又言：「同貓進食之人必噴嚏不斷；巫師常現貓形。由是可證此畜於人之靈、肉危害無疑。」《萬物搜異錄》更記貓、狗之勢不兩立：「若犬偶得貓皮則在其上摩挲翻滾。行至葬貓處亦然。生時所恨之物能不以其死而令犬樂乎?!」

《李爾王》第三幕第六場有李爾之言：「這些小狗：脫雷、勃爾超、史威塔，瞧，它們都在向我狂吠。」關於「狗」，巴塞羅繆有如下敘述：

百獸之中唯獵犬 (hound) 最忙碌亦最機敏。獵犬與狼交生種必兇悍。印度人有於夜晚置母犬於叢

林以令其與虎交者，所生既捷且猛，可如獅之撲獸。……獵犬舌下隱伏一小蟲，此蟲令獵犬發狂。若從舌上除去小蟲，則此怪祟息。發狂之犬狂暴異常、啃咬甚力，其遺地之尿亦可令踏足其上者身受其害。若人遺尿及狂犬之身，此人立感腹內及腰部酸痛難抑。……取犬舌一，置之人鞋中大足趾下，可止犬吠。……取活犬之眼一，攜於身可止犬吠，即令行於群犬之中。若輔之以狼心少許則更靈驗。……齧咬過人的狂犬之齒，以皮繩繫之，掛於肩頭可避其他狂犬追咬。

引述至此應當打住了。之所以不厭其煩，實在是想以此篇充作引玉之磚，呼喚國內莎學研究的豐富和深入。在我一個喜愛莎劇卻又非莎劇研究專家的外行人看來，時下國內的莎劇研究充其量不過揭出了這座冰山的八分之一。既扎實又新穎，既嚴謹又富於趣味的莎氏研究成果並不多見。譯本似乎豐富了一些(朱生豪、梁實秋、譯林新譯等)，這是長足的進步。但從校訂角度而言，我們尚缺少一部從博物學視角來詳解莎劇名物的「注釋本」。而從這一角度出發的版本，至少可以令眾人在莎劇炫目的比喻中品出這一大文人的文化趣味。要知，莎士比亞可不僅僅是一個語言大師。

文學絞架下的雄雞：扎米亞京

　　人是「等號」（＝）的發明者，然而在其自身命運的坐標系裏，他是最無權利使用它的。

　　既是文人又是政客的前英國首相迪斯雷利（Benjamin Disraeli）說，他是降生在他文學家父親的藏書堆中的。既是文人又是科學家的扎米亞京（Yevgeny Zamyatin）說自己是在他音樂家母親的鋼琴底下長大的，而書籍則是他童年最忠實的夥伴。毫無疑問，偉大的書籍培養了他們本質上相近的想像力的細胞。但靜靜流淌的泰晤士河與奔騰不羈的頓河，卻把如此相異的人生之路畫進了他們各自的生命采景框中。

　　離莫斯科以南200多英里的頓河之濱的省城列別姜，一個被托爾斯泰和屠格涅夫描述為「最俄羅斯的」地方，1884年2月1日迎接了小扎米亞京的到來。扎米亞京的童年是十分孤獨的，「你們會看到一個非常孤獨的孩子，沒有同年紀的夥伴，趴在沙發上看一本書或是在鋼琴底下聽母親彈奏蕭邦。距蕭邦兩步開外的地方，你就置身在了省城的生活中」。

其實，這樣一種孤獨是上天一種難得的恩賜。沒有這樣一種孤獨，世界便不會擁有這樣一個扎米亞京。孤獨用自由和頑固的乳汁一口一口餵養着他。能夠徹底佔有真正的大孤獨，乃是人所能贏得的最大限度的自由。是的，熱愛着自由的扎米亞京也深深熱愛着頑固。他的頑固竟使他捨棄了成績頗好的文科，而最終選擇了對他來說並非輕鬆自如的與數學相關的職業。

1908年，他從聖彼德堡綜合技術學院畢業，隨後留校任教，講授「海洋工程」及「船舶建造」。他的第一篇文學試作是和他的工程學資格設計方案一同完成的。1911年，沙皇政府把他流放到勒克德。流放中的孤獨的自由使他暫時離開冰冷的船體，在「白色的冬天的寂靜與綠色的夏天的寂靜」裏完成了《省城紀事》(*A Provincial Tale*)。這一部重要作品，很快為他帶來文壇的聲譽。1920年，扎米亞京寫出了他在現代世界文壇上最具影響力同時又是最有意思的作品——《我們》(*We*，繁體版書名為《反烏托邦與自由》)。

扎米亞京自己認為《我們》是他「最輕鬆同時也是最嚴肅」的作品。這部散文詩式的虛構作品直接啟迪了奧威爾(George Orwell)的《1984》，而赫胥黎(Aldous Huxley)的《美麗新世界》(*Brave New World*)亦受其影響。這部世界

現代文學史上的反烏托邦傑作，在1925年英譯本問世後的半個多世紀，才像一個異鄉人一樣於1988年首次在它的誕生地——俄羅斯正式露面。而此時，革命政權——也就是當年扎米亞京丟下手中建造的破冰船，從英國急匆匆奔回俄羅斯「親眼目睹了的十月革命」締造的那個政權——所流放的著者的屍骨，已在本雅明（Walter Benjamin）稱之為「十九世紀之都」的巴黎地下足足長眠了51個春夏秋冬。

扎米亞京生前談及《我們》遭到蘇聯批評家圍攻的時候，曾講述過一則波斯雄雞的故事。故事說的是一隻雄雞總是比別的雄雞早叫一個小時，結果為了這一「不良習慣」，忍無可忍的主人終於手起刀落，雄雞一命歸天。從此，天下太平，眾雄雞又在同一個時刻唱起它們報曉的晨歌了。

扎米亞京沒有來得及把這個故事寫進自傳中，因為他總是在比別人早叫的一個小時的忙碌裏，自由自在地揮灑着他的頑固。他寧願把時間花在整齊斯文的紳士式穿戴上，他知道這個故事已經由歷史之手在給他編纂了。他唯一的義務就是做隨時都可能是最後的長鳴。他珍惜他的一小時。

扎米亞京是文學批判家，他更是藝術的文學

批判家，他的藝術的文學批判本身即是文學的藝術。他的生命和藝術的神聖尊嚴膠合在一起。自由與頑固書寫着他的人生履歷。1928年12月23日，他在為一部書話選集提供的簡短文字中有過這樣一段話：

> 有些書具有炸藥一樣的化學構造。唯一不同的是一塊炸藥只爆炸一次，而一本書則爆炸上千次。

不錯，扎米亞京的文字就具有炸藥一樣的化學構造。即使是今天，它爆炸時的光亮依然和它第一次爆炸時一樣明亮。

「我」與「我們」

扎米亞京一直做着兩個夢。作為文學家，沒有疆界的個人自由展示在他的文學夢境裏。作為科學家，特別是工程學家，難以逃脫的技術的集體之夢又痛苦地攪擾着他。

當我再一次閱讀《我們》的時候，我發現極權與機器其實是同一樣東西。當西方的讀者把反烏托邦作品中有關技術成份的描述，解讀成是極權意識形態的影射的時候，他們其實是放棄了對於這一極權意識形態本身的理解。機器的夢也就

是極權的夢。人不是像一顆螺絲釘，人就是一顆螺絲釘，而這正是反烏托邦作品中技術描寫的真意所在。在這一意義上說，機器的權力與極權政治的權力之間根本不存在任何意義上的隱喻，修辭失去了修辭的力量。

在《我們》所描繪的「獨一國家」(One State)中，「施惠者」(the Benefactor)與所有其他成員「數字們」(the Numbers)全都做着一個集體性的「我們」之夢。所有的曲線為唯一的一條「偉大、神聖、精確、精明的直線，而且是所有直線中最精明的一條」所取代。在這個「獨一國家」中，就是最勝任的數學大師也無法證明這樣的一個等式：「我」＝「我們」，但「我們」≠「我」。等號必須時時反叛它自己。「我」不能說「我」不等於「我們」，但「我們」卻極其自然地說明「我們」不等於「我」。這是「獨一國家」獨一的遊戲規則和邏輯。扎米亞京的數學頭腦使他十分清楚函數的力量：

> 即使是古人中較成熟的人也深知權利的根源是權力，權利是權力的函數。這樣，拿座天平過來，一邊放上一克，另一邊放上一噸。一邊放上「我」，另一邊放上「我們」，獨一國家。清楚了，不是嗎？——聲稱面對國家「我」有某些

「權利」恰恰像是聲稱一克同一噸一般重一樣。這就解釋了事物的劃分法：權利走向噸而義務走向克。而從無有到偉大的自然之路即是——忘掉你是一克，感覺着自己是一噸的百萬分之一。

扎米亞京太大膽、太健忘，他真以為他是在堆滿圖紙與模型的辦公室中進行着純數學的推演。他太沉浸在自己的文學夢中，他太堅信「我」的力量。他忘了「我們」來自上帝，而「我」則來自魔鬼。

騎手與腓力斯坦

自由根本不可能被佔有，因為它從來就不是為佔有而存在的。自由也根本不可能被剝奪，因為能夠被剝奪的自由從來就不是真正的自由。

扎米亞京不止一次提到遊牧之人，提到草原上狂野的、沒有目的地的騎手，他嚮往那「永遠不被馴服的自由」。自由即是「沒有組織化的野性」。

1918年他為革命後活躍一時的以布洛克(Blok)和貝利(Bely)為主幹的文學團體「塞西亞人」(Scythians，古代東南歐地區驍勇善戰的遊牧民族)的出版物Skify所寫的評述，可以看成是他

的「自由宣言」。篇幅不多的文字卻相當濃縮地體現了他犀利的，甚至不含仁慈的批評風格。這即是扎米亞京。孤獨使他喪失了遊刃有餘的狡猾的溫情。

他曾歡呼Skify的出現為革命後的文壇帶來了清新自由的景觀。「這裏，我們想，我們一定會發現不貼標籤的人物，這裏我們將會呼吸到對真正的、永遠不被馴服的自由之愛的空氣。畢竟，從第一頁起我們就得到許願説『塞西亞人沒有不敢去射的箭的』。」然而，他很快就從Skify第二卷的出版中嗅出了令人窒息的氣味，他痛苦地發現塞西亞人的弓箭收斂了，奔馬走進馬廄，自由之士踏起樂隊的鼓點行進。「如此之速便有他們不敢拉射的箭的了。」這一無情的事實引出了扎米亞京對自由及其敵人的哲學思考，而這一思考又在此後的《我們》中一再閃現。

在扎米亞京看來，一個精神意義上的革命者、一個真正的塞西亞人只為遙遠的未來而不是為就近的未來工作。塞西亞人的勝利即是十字架上的勝利，正像在十字架上滴盡最後一滴血的基督是最終的勝利者一樣，「革命之道正是十字架之道」。

然而，扎米亞京又早已參透了「勝利者」的雙面相。他毫不留情地指出，在實際層面上勝利

的基督就是一個大審判者。更糟糕的是，實際層面上勝利的基督其實是一個身著銀裏絳袍的大腹便便的教士，他用右手賜福而左手卻徵集着捐贈。而這正是「命運的智慧」和莫大的「反諷」。他一針見血地忠告說：「一個觀念的實現，物質化，實際上的勝利很快便會為它塗上一層『腓力斯坦』(Philistine，市儈、庸人)的顏色。」

神父最最痛恨的是向他的專權挑戰的異端分子，而每一個市儈和庸人最最痛恨的是那敢於和他們思想不同的反叛者。「痛恨自由是腓力斯坦主義這一致命痼疾的最確切的徵候。」「全都把頭剃光；人人都穿上固定的制服；用大炮的火力將所有異己的土地變為你自己的信仰⋯⋯葉賽寧在他的詩作"Otchar"中說：『這個世界上沒有致命的自由。』說對了。致命的不是自由而是對自由的強暴。」而一個真正的塞西亞人的命運是難以有人承受的，「弱者乾脆閉起眼睛隨波逐流」，因為「每一個真正的塞西亞人的神聖咒詛是，『在他自己的土地而不是陌生的土地上，他是一個陌生者』」。

請記住扎米亞京寫出以上文字的時間，是革命的焰火仍然耀眼的1918年。他從來沒有把自己視作先知，而歷史卻讓他無法退卻地扮演了這個

角色，因為他是一個流著純正的塞西亞人血液的永遠不歇的騎手。扎米亞京以他獨特的方式撰寫著獨特的「懺悔錄」。他的「懺悔錄」所懺悔的，不是過去而是遙遠的未來，而他是少數有資格完成這樣偉大懺悔的其中一位。真正的「懺悔錄」本該是先知的「啟示錄」。

能量與熵[1]

值得注意的是，扎米亞京筆下，「革命者」與「勝利者」是截然不同的。真正的革命是對自由的永恆追求，而勝利則往往是市儈、庸人戴著他人的血的桂冠悠閒漫步的天堂。人類歷史的大走向即是從遊牧走向定居，即是自由漸被馴化的歷程。當扎米亞京無可奈何地發現「(我們的)最固定了的生活方式同樣不就是(我們的)最完美的生活方式」這一人類潛意識的鐵律時，他體驗到了歷史的大悲涼。

寫於1923年的《論文學、革命、熵及其他》，是他文學藝術觀最著名的表白。他對文學、藝術精神的自由本質的闡發，即使今天也會令文學的市儈們不敢正視他逼人的目光。

「什麼是革命？」「有人會借用路易十四的

1　熵：宇宙中能量與物質(降至惰性均勻的極限狀態)的退降。

話說，我們即是革命。有人會指着曆書說給你某月某日。還有人會給你一個常識的答案。」但，「革命」在扎米亞京那裏卻是自由力量的代稱：

> 兩顆死暗的星帶着震耳欲聾的呼嘯相撞擊點亮了一顆新星：這就是革命。一個分子衝出它的軌道劃入相鄰的原子宇宙產生出一個嶄新的化學元素：這就是革命。羅巴切夫斯基(Lobachevsky)用一本書撞裂了上千年的歐幾里德的世界之牆，開闢了通向無數的非歐空間的道路：這就是革命。革命無所不在，無所不有。它是無窮的。沒有最後的革命，沒有最後的數。社會革命只是一個無窮數系的一個；革命之律不是社會之律，而是無法度量的更大的一個。它是一個宇宙的普泛的規律——像能量的保存與耗散之律一樣。

能量與熵是扎米亞京從物理學借用過來形象地揭示人類精神創造實質的有力概念：

> 革命之律是火紅的、熾熱的、致命的；但這一死亡意味着新生命的誕生……而熵之律則是冷的、冰藍的……火焰由赤紅變為更溫和的粉紅，它不再致命而變得令人舒適……火焰明天將會冷卻，或者後天(在《創世記》中天等於年，等於

時代)。但有人一定已經在今天看到了這一點，並且要在今天異端地談論明天。異端分子是人類思想之熵的唯一(也是苦澀的)救藥……科學、宗教、社會生活或藝術的教條化就是思想的熵。成為教條的東西即不再燃燒……爆炸是不令人適意的。因此，引爆者，異端分子們，便總是為火焰、斧頭、文字所剿滅。

人類思想文化上的異端們無一不是「從明天跳進了今天」，他們衣着單薄卻拿起堂·吉訶德的刺槍單槍匹馬地衝殺，到頭來身首異處便怨不得歷史的不公正了。他們威脅了熵的律令，他們威脅了歷史。

1923年，扎米亞京正是這樣獨自浪漫地四下衝殺着，因為那個時候刺槍還牢牢握在他的手中——「砍掉向教條挑戰的異端文學的頭顱是公正的，這一文學是有害的。然而，有害的文學比有用的文學更有用，因為它是反熵的。」「異端對(人類思想的)健康是必要的；如果沒有異端，異端應當被創造出來。」藝術家和作家們「缺乏刺傷自己的力量，缺乏終止對他們曾經熱愛過的東西的愛的力量，缺乏離開他們過去熟悉的飄滿桂葉香氣的公寓邁進開闊平野的力量，缺乏重新開始的力量」。

莫斯科與彼得堡

1929年9月24日，扎米亞京寫信要求退出蘇維埃作家聯盟，因為他「不可能隸屬於一個哪怕是間接參與迫害其成員的文學組織」。1931年6月他提筆寫信給斯大林：

親愛的約瑟夫·維薩里奧諾維奇：

……我的名字在您也許並不陌生。身為作家，我被剝奪了寫作的機會，這無異於宣判了我死刑。是的，情境糟到令我無法繼續工作，因為在一個一年一年加重了的、有步驟地迫害的氣氛裏，任何創造性活動都是不可能的。

我無意於把自己描繪成受傷的無辜。我知道我在革命後之頭三四年所寫的作品中，有些提供了攻擊的伏筆。我知道我有一個極不予人方便的習慣──寧願講出我以為是真實的東西，而不願說些時下也許是適宜的東西。尤其，我從不隱瞞我對文學屈卑、自賤和隨機色變的態度……我不想掩藏我要求同妻子走他國的根本原因，那就是我在這裏身為作家的無望境況和國內對身為作家的我所宣判的死刑……

與其說扎米亞京「選擇了」，不如說他「接

受了」生命的自我流放。而這確也是思想的狂野騎手的必然命運，因為他無法容忍扎起的籬牆內誘人的定居式的現實的溫馨。他必須有效地拯救自己的生命，因為他必須延續其自由騎手的使命。

1933年12月，扎米亞京在巴黎的天空下完成了他對二十世紀20年代前蘇聯文學的最後回顧。他為這一回顧取了一個極平常卻又蘊含了象徵意味的名字——「莫斯科—彼得堡」。流亡的生命空間的轉換使他得以獲取更為廣闊的批判視野，他可以更加肆無忌憚地進行他的「最終極、最可畏、最無畏的『為什麼』」的詰問了。

把莫斯科與彼得堡放進社會革命的震盪之中來考察，使得扎米亞京作出了許多極富意味的文化發現。

「莫斯科是陰性的，彼得堡是陽性的。」扎米亞京十分驚異於一個世紀之前果戈里對這兩個俄羅斯之都本質洞見的準確。革命把彼得堡變成了列寧格勒。而依然是莫斯科的莫斯科卻比彼得堡更急切、更盲目地降服於十月革命。「實際上，勝利的『革命』已變成了時尚，而有哪一個真正的女人不是急追時尚來打扮的呢？」

扎米亞京從建築的石頭的鏡子中，辨認着「革命」在帝國之城的彼得堡與沙皇的莫斯科身

上留下的痕跡。規劃整齊完整的彼得堡沒有給革命留下充分發揮的新建設的空間，而風格不一、無規劃、無系統的莫斯科則由於她再一次成為新的「帝都」而大興土木，展現着「新的社會主義經濟」的建築哲學。被稱之為「無產階級風格」，同時也是最時髦的「灰暗、呆板的方塊」四處出現。扎米亞京不無揶揄地指出這些外觀粗糙、看來乏味的無產階級建築，竟連無產者們也都無法理解和接受。他們的抗議表明了「建築若不能掌握兩門相關的藝術——繪畫與雕塑，它便無法解決它的任務」。扎米亞京敏銳地觀察到勝利的革命所表現出的試圖通過在兩個帝都的街道、廣場上矗立紀念碑來使其自身永遠不朽的極清楚的慾望，而他深覺慶幸的是這些作品低劣速朽的材料所呈現的缺乏遠見。

他欣賞持重的彼得堡在處理永久性革命紀念物時表現出的藝術品位：他把列寧像放在靠近工人郊區的地方而不是城市的中心。相反，在對待往昔文化遺存上，莫斯科則顯得缺乏敬重，甚至有些隨意。

扎米亞京是彼得堡「人格」尊嚴的仰慕者，而他疾惡如仇的是逐時尚、易馴服的水性楊花的莫斯科。從音樂到文學，從建築到繪畫，從風格到品味，「不假思索，莫斯科順從地滾向了左

側」，而彼得堡則抵抗着，拒絕把他積累起的財富拋棄掉。藝術生命的骨髓是自由，而尊嚴則是她的血液。這就是為什麼扎米亞京這樣忠告說：比起一個輕易變節的敵人來，我們應更加尊重地對待一個頑固不化的敵人，因為他的頑固不化正是他的尊嚴所在。扎米亞京是這樣說的，他也是這樣做的。從流亡的、陌生的土地上，他以他人的和藝術的尊嚴，又在他所熱愛的果戈里、普希金和陀思妥耶夫斯基的彼得堡的大街上鋪下了一塊沉甸甸的思想之石。

「殘酷的時間將毀滅許多名字，而索洛古勃(Fyodor Sologub)的名字將永留在俄羅斯文學中。」再加上「永留在世界文學中」，扎米亞京對索氏的評價正好可以用在他自己身上。

翻讀着厚厚300餘頁題為《一個蘇維埃異端》(*A Soviet Heretic*)的扎米亞京文集，他講述的那個波斯雄雞的故事常常令我撫卷深思。而他頑固、自由、有力而狡黠的刺人的笑聲，也會時時衝出書頁的遮攔，在寂靜冬夜的寬闊黑暗裏向四周迴盪得很遠：哈、哈、哈……「我一定結實得很，因為我的腦袋，你們瞧，不是還好好地待在肩膀上嘛！」

就衝着這頑固，對不起，在相當長的時間裏，地獄恐怕依然是扎米亞京們唯一理想的去

處。文學以至文化的絞刑架只要還存在着，地獄的火舌便依然會唱着塞壬(Sirens)的歌。況且，這絞架畢竟比波斯人土里土氣的殺雞刀俐落得多也機智得多，因為在這小小地球上，它是唯一一個結果生命而又不見淋漓鮮血的地方。

靈光的瞬間

藏書票

　　從我開始胡亂購書起，平素生活中一個極大樂趣就是每當夜深人靜的時候，借着燈的光亮，撐開印泥盒蓋，一邊嗅着潤紅的印泥散出的油香，一邊品着清茶逸出的幽香，一邊呼吸着紙與墨送來的暗香，用那枚大而沉重的青田石章在每一部新購到的書的扉頁留下我收藏的印記。在我，這朱紅色溫暖的印痕無異於是向一位位舊雨新知奉上我內心流出的最熾烈、最誠實、最欣悅的問候。我知道，從這一時刻，我擁有了它們，它們也擁有了我，而且是真真實實的。

　　我遠遠算不上什麼藏書家，但僅僅是這樣的體驗也已經使我深切地理解了藏書家獲得心愛書籍時豐富、隱秘的情感波動，那是一種超越了佔有慾得到滿足的更深一層的體驗。而藏書票，一方方小小的紙片，無論它是精緻還是樸實，是和藹可親還是令人生畏，都是這一體驗絕好的表述。藏書票總在講着一本書的故事，而一本書又總在講着它背後一個人的故事。這就是為什麼當我從Barnes & Noble書店的木架子上發現了一套套

印刷精美、趣味濃厚的各式藏書票時，竟像身臨考古現場目睹剛剛挖掘出來的古代文物一般，驚喜了許久許久。原來，藏書票沒有死去，它們活着，雖然是在這樣一個不起眼的角落。

提起藏書票(bookplate)不能不提起德國。啤酒之鄉的德國還是古老的書票製作與使用的誕生地。現在已知最早的藏書票出現於1450年。票面尺幅為七寸半乘五寸半，上面的木刻圖案是一隻渾身帶刺的刺蝟口叼一枝花束在落滿葉子的地上漫步。這枚被稱之為「Hanns Igler」的書票，在二十世紀40年代末紐約一次拍賣會上以近900美元的價格為人買走。Igler是「刺蝟」一詞的德文。圖案的意義似乎是雙重的：對於愛書者獻上美麗誘人的鮮花，對於不愛惜甚至欲圖不軌者亮出利刃般嚴厲的警告。

十五世紀末葉，書票的流通在德國蔚然成風。許多書票出自藝術大家的手筆。英國、法國、瑞典及美國分別在1514年、1574年、1595年和1749年於各自的國土上開始了書票藝術的實踐。值得一提的是，美國人最早使用手繪書票還是從賓夕法尼亞州的首批德國移民那裏流傳開來的。亨利‧博尼曼(Henry S. Borneman)在1953年出版了一部小書《賓夕法尼亞的德國藏書票》(*Pennsylvania German Bookplates*)，專研移民文化中

的一個細小分支，不失為一個新穎的角度。書中展示的古老書票更令愛書者大飽眼福。

一般來說，藏書票的製作與使用不外有兩個用意：一個是用來標誌書的所有權，另一個是借機傳達書籍擁有者的各類信息。

在人類的所有財產中，書籍是一種極特殊的東西。儘管法律聲稱保護私有者的財產，但它卻是最容易不翼而飛或為人損害以至侵吞的。從歷史上看，為捍衛自己神聖的財產權，書籍的擁有者們做出了各式各樣的嘗試：中古以鐵鍊繫書，書籍主人在扉頁上簽名，金屬印章的使用，模板刷印姓名，印刷的名條，手繪或印刷的藏書票。這其中，藏書票更帶上了風格別具的藝術色彩，用來展示書籍擁有者的審美品位和學識上的自信。

藏書票除了它藝術匠心的意象、色彩，在森嚴的拉丁文字Ex Libris加藏主之姓名(意謂「某某的藏書」)之外，簡短的數行文字所傳遞的訊息也往往給賞玩者帶來不小的娛樂。精妙的文字是書票藝術整體的一個有機部分，是書票之中流動的詩。引幾條作為這篇文字的收尾——

本書是我的珍寶，拿它者是賊，還它者是上帝的驕子。

書是一回事，我的老拳是另一回事。碰碰一個，你定會嚐到另一個的滋味。

別偷走這本書，不然絞刑架便是你的末路，基督會來對你説：你偷去的那本書，它在哪裏？

我想並且相信在每一個愛書者情感的書頁上，一定會緊黏着這樣一張深情的藏書票，上面寫着：「我的書同我的心將永不分離！」

關於索引

閑來整理書櫃，見那十二大卷一套的中華書局重印精裝本《飲冰室合集》中參差不齊伸出許多形狀不一、顏色各異的小紙條來，心裏不免生出一種異樣的感覺。天知、地知、我知。這些默不作聲的小東西不是在炫耀我如何挑燈苦讀、手不釋卷的勤奮，恰恰相反，它們是在提醒我在這龐大的書頁叢中究竟耗去了多少無謂的時光。

這使我想起對於故人著述的匯印。以往，我們的出版界於匯印前人文字時，大多偏重「輯」的一面而略掉「編」的一面。而「編輯」文字所內含的終極目的——便於閱讀、參考和研究——則在似乎認真地提供了一個完整的文獻匯輯之後，就悄然幻成了泡影。材料是盡量完備堆放在一起了，可每一次你還是不得不從頭翻到尾，在那些黑壓壓的印刷字中搜尋你的目標，就像在乾草垛裏翻找掉落的一根針。充其量，你不過是被領到了一片劃出了疆界的大森林面前，這以後的運氣要全仗你自己的八字兒了。對於專研梁啟超其人其著者，因為要對得起那沉甸甸的專家頭

衛，非得把全數文字讀個天昏地暗，從而親身體驗那碗飯中的粒粒辛苦，這自不待言，犯不着也萬不該像我這樣一個外行之人無端抱怨，搬弄是非。

可還是有不僅不抱怨，且頗覺滿足與享受的時候，這就是閑翻《飲冰室合集》同櫃的近鄰——嶽麓書社印行的若干冊周作人文集。享受來自知堂老人淡而耐嚼的文字，滿足則不能不歸因於編者的苦心和藝術：

> 此次整理，各書都經過校訂，改正了一些訛脫倒衍文字，並各書之後詳列校記。各書還新編了人名書名索引，以利研究。為了便於檢索，將書中每篇文章都依次序編了號⋯⋯

別小看了這雖仍屬簡單的索引，它在為讀者勾勒出知堂老人廣博的文化知識分佈圖之外，還實實在在省去了我準備小紙條的苦惱。書後的索引已不知翻過了多少遍。靜下來的時候，忽然想到該瞭解瞭解這索引本身的來龍去脈。沒料到，就這樣一個貌不驚人的東西竟引來許多有趣味的故事。

「引得」溯源

《牛津英語詞典》index條釋該詞謂：index

系由in(朝、向)+dic(指)組構而成,語源學意義為「發現者,指示者,標示者」。英文中手的食指之所以稱之為index finger,乃是由於此指專司「指點」之職。由是,index的引申義便有「標指」「導向」等。而我們並不生疏的「索引」——依字母順序排列書中所涉及的人名、地名、書名、主題、重要語詞的一覽表——也就得了這index的名稱。在我們自己的語言中,「索引」的另一通行代稱詞「引得」,即是index之詞的音譯。「索引」對於我們是個毫無爭議的舶來品。叫「索引」也好,稱「引得」也罷,這一覽表的功用則是一致的。它「指示」你到密密層層枝丫交錯的文字中,去「發現」或「找到」你期待之中亦或期待之外的東西。

約翰遜博士(Dr. Johnson)著名的《英語詞典》中index釋義之三「書之內容表」下,徵引莎士比亞悲劇《特洛伊羅斯與克瑞西達》第一幕第三場中涅斯托同俄底修斯相議誰能迎戰赫克托時的一段話:

And in such indexes, although small pricks to their subsequent volumes, there is seen the baby figure of the giant mass of things to come at large.

朱生豪先生據以意譯為:「但一隅可窺全

局，未來的重大演變，未始不可從此舉的結果觀察出來。」這在莎翁的原作裏則是一系列具體的比喻。唯有直譯出來，我們才會明白朱先生所本的文字怎麼會與「書之內容表」有了瓜葛：

就這些索引，雖說對於其後的書卷不過是區區的小刺/撮要(此詞這裏為雙關及轉義)，卻也從中可以看見未來全局巨人之軀那孩子般的身影。

這裏直譯只是為我們眼前討論的狹義的「索引」服務的，絕無商榷之意。有意思的是，我們頗有所獲。其一：「索引」在十六世紀應當是一種相當普遍的現象了，否則它何以出現於日常生活的舞臺？! 其二：莎翁當是「索引」的擁護者，不然何以得來以索引覽書卷就像以孩子般的身影來觀巨人之軀的類比？!

其實，「索引」的編寫歷史相當古遠。據說，現在已知的最早的「索引」要追溯到公元前三世紀。當時，著名的古希臘詩人、學者卡利馬科斯(Callimachus)為埃及亞歷山大圖書館所藏數千件紙草卷子的內容編了「索引」。西塞羅(Cicero)曾用index這一拉丁詞指稱「書的內容表」(目錄或內容提要)，並以syllabus這一希臘字詮釋index。

早期文獻中有幾個英文字被用做index的近義詞，如register, calendar, summary, syllabus, table, catalogue, digest, inventory及table of contents等。在上引莎士比亞一例中，index就是table of contents（內容提要）的同義語。這種書的內容提要通常是置於書卷之前的。進入十七世紀，這些近義詞中漸漸凸顯出了兩個詞，這即是今天我們熟悉的table of contents（目錄、內容提要）和index（索引）。前者置於卷前，後者置於卷尾。

索引之辯

　　據愛德華·庫克爵士《文學的娛樂》（Sir Edward Cook, *Literary Recreations*）一書中「索引編寫的藝術」一文所述，英國歷史上，依着作家對待索引的態度，可以分辨出對立的兩個派別：一派高揚索引編寫的藝術、價值及應得的榮譽，不妨稱之為「索引派」；一派無視或嘲諷索引的存在價值，不妨稱之為「非索引派」。

　　鼎鼎大名的卡萊爾（Carlyle）是「索引派」的激進鬥士。他在其《克倫威爾》（*The Life of Oliver Cromwell*）卷首開列了一系列書目，爾後頗動感情地評點道：「迄今印出的這些及其他許多巨大的對折本從來未被整理過——像你整理一整車隨意

添裝上的碎磚、硬泥。這些可怕的舊書卷竟沒有一部是有索引的！」《弗里德里希》（*History of Friedrich II of Prussia, called Frederick the Great*）的開首，他又說：「大部分誕生於混沌之中，缺這少那，甚至連索引都沒有的書是令人痛苦的東西。」他甚至宣稱：一個出版商若是發行了一部沒有索引的書，當處以絞刑。羅克斯布拉俱樂部（The Roxburghe Club）建議省略索引的行為「必要時」可視為「刑事罪」。坎貝爾（Campbell）勳爵尚不失紳士的大度，他僅建議上述事件發生時應當剝奪著述人的版權利益。

讀至此，著實嚇得我一身冷汗。區區索引竟上綱上線到性命攸關的份兒上。這怎能不暗自慶幸自己是生長在一個對索引不存些微感情的國土中。要是卡萊爾輩死灰復燃，甜言蜜語對我們來它個成功的和平演變，真不知有多少個冤腦袋要去祭他們的絞刑架呢！

噩夢醒來是早晨。陽光如舊燦爛地照着，哪有什麼絞刑架的影子？再回過頭看看，那些歷史上的「非索引派」哪一個不是身首俱全地得到了上帝的請柬！卡氏狂言何必當真。

約翰・格蘭威爾（John Glanville）曾嘲諷所謂「索引之學」（index learning）的膚淺：從索引中僅

能學得可憐的知識。想在他人的寶藏中成為富有是十分可憐的抱負。

威廉·沃史(William S. Walsh)有趣的《文學獵奇手冊》(*Handy-Book of Literary Curiosities*)中，徵引了一些著名的「非索引派」的言論。

斯威夫特(Swift)的《木桶紀事》(*A Tale of a Tub*)中有一個已成經典的比喻：

> 索引掌握並調動全書，就像魚受制於它的尾巴。想從正門步入學問的宮殿需要時間和樣子，因此匆忙之人、不拘小節之人樂意從後門進入。由於藝術都是來去匆匆，所以從後部進攻更容易征服它們。也正是這一緣由，醫生們只需察探人體後部所出之物，即可發現整個身體的狀況。

詩人蒲柏(A. Pope)亦譏「索引之學」是「抓着科學之鰻的尾巴」。值得慶幸的是，在贊同與嘲諷不休的往返中，索引的價值得到了越來越多的體認。這點可以從十七世紀的出版常規中略見一斑。一個作者出版了一部沒有索引的重要著作，他必此地無銀地聲明一番：本書之所以不置索引，乃是由於書中每一頁文字都是微言大義俯拾即是。設若集如此之多的關節所在成索引一編，結果勢必會多加一倍篇幅，喧賓奪主。

不見刃的武器

有趣的是，除去索引為讀者提供導引的便利之外，它還被別有用心之人用來當作武器，其殺傷力不見得小於那神聖的正文。有兩個例子不可放過：

一個是英國大律師諾衣（Noy）執審作家普瑞恩（Prynne）時，指出被告著作的索引條目中有「基督是清教徒」的例子。

另一個是1705年，當議會的托利黨人威廉·布若雷（William Bromley）競逐議會發言人時，他的對手別出心裁使出了一招——再版了他12年前出的一部遊記，並附了充滿惡意幽默的索引，如：

> 8幅畫像比同樣尺寸的16幅畫像少佔空間（第14頁）。2月是看庭園的壞季節（第53頁）。巴羅那，法國海岸上的第一個城市，坐落於海岸邊（第2頁）。

隱藏於這樣的索引背後的政治意圖是不言而喻的：善於出此陳腐之言者不配做議會的雄辯發言人。布若雷氏還是吉星高照地走馬上任了。但索引的這種政治殺傷力也不能不使史家麥考利

(Macaulay)大有十年怕草繩之慨：「別讓討厭的托利黨人為我的歷史編加索引。」

　　寫到這兒，前面感歎我們對待索引的態度是不是也要收回來？我忽然意識到，我們竟也是一個被埋沒了的「索引」大國哩！自古至今一樁樁文字公案不都是最典範的樣板？！而我們的那些「索引」大師的功夫，即令布若雷氏肯決心破財買它一件刀槍不入的防彈背心，怕也難以招架吧！

　　話又要說回來。我們的出版界若有先見之明，正不妨從吃緊的文化盈餘中慷慨地撥筆款子出來，建那麼一座勸惡從善的佛廟，使數量可觀的「索引」大師們放下屠刀，專修正果。我們的索引編寫事業說不定會搶先走向世界，抱個諾貝爾什麼的瞧瞧，亦未可知。

猶太人與書

提起猶太人，最本能的聯想大概是莎士比亞筆下的夏洛克吧。而在我，猶太人則是擁擠的地鐵車內戴着深度近視鏡、穿黑袍、頂黑帽、手不釋卷的讀書人。晃動行進的車廂裏，視線漸漸模糊了。迷迷濛濛之中這讀書之人開始變化起他的輪廓來：捧着《倫理學》和《神學政治論》的斯賓諾沙，吟誦着美妙詩行的海涅，沉思在精神分析世界裏的弗洛伊德，為資本主義把脈的馬克思，宇宙之謎的揭示者愛因斯坦，形上世界的嚮導馬丁·布伯，人類困境的預言家卡夫卡，寬厚的人文主義者斯蒂芬·茨威格⋯⋯延綿不斷的「書的民族」！

書的民族

猶太人與基督徒在《古蘭經》中被先知穆罕默德稱之為「書的民族」（Peoples of the Book）。所謂書自然指的是那部異常古老的「書之書」——《聖經》。此後，「書的民族」這個樸

素得再也不能樸素、榮耀得再無可榮耀的稱謂，幾乎完全成了猶太民族獨享的同位語。可以毫不誇張地説，一部猶太民族的歷史就是一部「書與劍」的恩仇史。

猶太教的律法書《塔木德經》(*Talmud*)中有言：「書與劍自天國而降。全能者説：恪守書之律法者將從劍下得救。」書是猶太民族偉大的庇護者。當一柄柄滲着冷漠、敵意乃至殺機的種族之劍亮出寒光的時候，是書(廣義的與狹義的)聚集了生命的力量，在人性荒野中為浪跡四方的世界旅人造起了一座座遮風避雨的屋頂，立起了一堵堵溫馨、忠誠的高牆。書的生命即是猶太民族的生命。書不朽，因而「書的民族」不朽！翻閱着整整五十卷《猶太書籍年鑒》(*Jewish Book Annual*)，心中禁不住這樣驚歎。一個無論走到哪裏，都忘不了珍惜自己的生命之根的旅人。

半個多世紀以前，為在美國這片土地上闡釋與普及猶太民族的精神遺產、守護豐饒的精神家園，猶太人成立了「猶太書籍協會」(Jewish Book Council)。在「全國猶太人福利會」(National Jewish Welfare Board)的慷慨支持下，該協會發起了各種以推動閱讀猶太人書籍為中心的活動，如「猶太書籍團」等，並定期出版書評、書目等引導性刊物，其中最有影響者要數《在猶太人書的

土地上》和這生命之流綿延至今的《年鑑》。它自1942年問世以來，年版一冊，冊分英、希伯來、意第緒三語分部，平精同出，中未間斷，至1993年出版了整整五十卷。

所羅門·格瑞采（Solomon Grayzel）在1945–1946年的第四卷卷首引言中，點明了閱讀猶太人的著述在整個猶太民族重建過程中所起的重大文化作用：「猶太人的書籍是我們過去與我們現在之間，是我們自己的社區與世界其他猶太人的社區之間，是操英語的猶太人與以希伯來文和意第緒文滋養其精神的猶太人之間溝通的文化精神橋樑……當然，我們的責任不能到此為止。不僅僅是出於對猶太精神的殘酷仇敵的蔑視，不僅僅是出於對千百萬死難者的悲哀，更主要的是，出於對我們偉大的文化傳統的信念與愛，我們，身在美利堅的猶太人，必須高舉起理想主義與精神的火炬。」

五十卷《年鑑》保存了大量的回憶性散文、提要性書評與書目，內容涉及古今猶太民族精神文化的許多重要方面，具有極高的學術價值。其中我最感閱讀興趣的是一篇篇涉及書籍掌故的書話之作。從這些書話中，我體驗到了「書的民族」對書籍的深摯的愛。

西塞爾·羅斯（Cecil Roth）以一篇題為「猶太人對書籍的熱愛」的短文，在第二卷中勾勒出一

幅「書的民族」的生活史。

　　過去的兩千多年裏，「書的民族」總體而言是一個有學養、有文化的民族。極目世界，沒有一個民族在對書籍的興趣方面堪與它匹敵。文盲當道，就連許多國王都不會簽署自己的名字的時候，猶太民族就已經發展起了一個普遍的教育體系，而現代成人教育觀念的曙光還要等待幾個世紀才能出現。每一天清晨和每一天夜晚，當隔離區的大門將他們與外部世界隔離開的時候，有組織的閱讀成了每一個人神聖的宗教責任。抄書、藏書、讀書……猶太人很久很久以前就有了極強的書的意識。這就不難理解，即使是靈魂與肉體遭到殘暴壓迫之時，隔離區的幾乎每一個猶太之家，無論境況如何，都擁有自己或多或少的藏書。「書對於他和他的鄰人一樣不是一件崇拜之物，神秘之物，不值信任之物。它是日常生活真正的必需品。」

　　可以想見，如果有什麼比這一「書的民族」往昔所受的苦難更殘酷的東西的話，那便是他們的文獻所受到的踐踏、咒詛、焚毀與破壞。

烈焰中的哭聲

　　十三世紀至十九世紀，幾乎每一部以希伯來

文字印出的著作或每一部關於猶太人的著作，均遭到歷代審查者充滿仇視的關注。曾有過多少個這樣的時期：一個人若擁有除去《聖經》與刪定的祈禱書以外的任何猶太人的書籍便要獲罪。十八世紀末葉，猶太人隔離區遭到搜查尚是家常便飯。被抄的書籍免不了烈火之劫。這一殘酷的歷史事實解釋了十六世紀以前曾經存在過的猶太印刷典籍流傳下來為何如此稀少的原因。《塔木德經》完整的文本僅存一部古老的稿本。

劫難磨礪着「書的民族」對書的虔敬赤誠。據載，古代殉道的猶太教教士被身縛「律法之卷」投入烈焰之中時鎮定地說：羊皮紙為烈焰吞噬了，但銘寫其上的文字將在天國彙聚一起，得到重生。

1553年秋天，羅馬的所有猶太之家遭到搜查，《塔木德經》及其他相關著述盡數被抄。更令人髮指的是，猶太教新年這一天竟被選擇來將這批珍貴的猶太精神寶物付之一炬。此例一開，意大利各地競相仿效，甚至以希伯來文印製的《聖經》亦在劫難逃。

然而，「書的民族」歷史上最大浩劫則發生在納粹法西斯統治下，菲力浦・弗里德曼（Philip Friedman）在第十五卷（1957年）以「納粹階段猶太書籍的命運」一文，對這些浩劫所造成的巨大損

失進行了詳細的評估。據統計，在納粹統治或控制的20個歐洲國家，原有規模不等的圖書館469座，藏書量300餘萬冊，這一數字無法包括難以數計的私人書藏。但被納粹屠殺的六百餘萬猶太人所來自的150萬家庭，每家至少有或宗教性或非宗教性，或希伯來文或意第緒文或其他文字的書籍幾千冊，兩者相加之後的數目相當驚人。

1933年納粹上臺之後，立即發起野蠻的焚燒所有「非德意志書籍」的運動。「書的民族」自然首當其衝。1938年，為報復納粹駐巴黎使館三等助理恩斯特・馮・萊特(Ernst von Rath)被殺一事，數以百計的猶太教堂連同成千上萬冊書籍、稿本被焚為灰燼。德國的1300餘座猶太教堂，到1945年納粹戰敗時僅存數座。

1939年法西斯洗劫了波蘭著名的盧布林律法學院(Lublin Yeshivah)圖書館。《法蘭克福報》1941年3月28日報導這一醜行時稱：「對我們來說，毀掉公認為波蘭最大的律法學院是無上光榮的事，我們將巨大的庫藏扔出建築物，把書籍運到集市上付之一炬，烈焰持續20小時之久。盧布林的猶太人聚集在周圍失聲痛哭。哭聲幾乎把我們淹沒。我們召集起軍樂隊，士兵們興高采烈的歡呼聲蓋過了猶太人的痛哭聲。」在波蘭、荷蘭和法國，試圖搶救燃燒建築物中猶太典籍的猶太

人或遭槍殺或遭火焚。對書籍的大屠殺的悲痛在猶太人看來就像他們失去骨肉時的悲痛一樣深切，因為這是一個以書為生命的民族——

> 當一個人家境每下愈況，不得不散財以保全性命的時候，這人當先散他的金子、珠寶以及房地產，最後除非萬不得已，才當盡其書藏。（《虔敬者之書》，第741頁）

> 你當企盼擁有三樣東西：一片田地，一個益友，一本書。（Hai Ginon,「對青年的忠告」）

> 購書之時，不得詆損書的文獻價值以圖便宜。（《虔敬者之書》，第665頁）

被譽為中世紀猶太人愛書者王子的學者、翻譯家、文法家猶大·伊本·提朋(Judah Ibn Tibbon)，在給兒子的遺囑中寫道：

> 我的孩子！讓書籍成為你的良伴，讓櫥書架成為你快樂的園地。沐浴在它們的天堂中，收集它們的果實，採摘它們的玫瑰，獲取它們的芳香和馨香。心滿意足，感到倦意之時，從一個園子走

進另一個園子，從一道犁溝邁進另一道犁溝，從一片景致換到另一片景致。

難怪，這種對書的徹骨之愛使得虔敬的猶太教徒把未來的世界竟也描繪為一座巨大的圖書室，中間盡藏着天下的好書。有一個故事說，某個星期五的傍晚，一個非猶太人穿過一座猶太人的墓園，在墓園裏，他眼睜睜見到一個已經過世的猶太人端坐在書桌前一板一眼翻書呢！真是對書至死不渝的愛！

走筆至此，我想起一部英文舊書中見過的一幀藏書票：一支蠟燭不倦地燃燒着。蠟燭下方刻着一行清麗質樸的小字——千萬支蠟燭燃盡了，而我還在讀着……

是啊，無數支歲月的蠟燭燃盡了，而「書的民族」還在讀着，因為猶太民族是憑藉了書籍而生活的。海因里希·海涅(Heinrich Heine)不是說過嗎：猶太人的文獻就是他們袖珍的祖國！

獵書者説

開篇先説「獵」字。漢語中「獵」有實指有虛指。「搜捕禽獸」是實指,「追求以期思有斬獲」是虛指。用作虛指時意義似乎多為負面,比如「獵豔」。再比如「獵奇」,《辭海》釋為:「刻意搜尋新奇的事物。有時用為貶義。」與書有關的「涉獵」一詞,意謂讀書博泛而不專精,泛泛流覽,不深入鑽研,終難成就學問大事。《辭海》引《漢書‧賈山傳》顏師古注:「涉,若涉水;獵,若獵獸。言歷覽之不專精也。」雖為貶義,與書生出瓜葛的歷史不可謂不久遠。只是説到「獵書」和「獵書者」,若我推測得不離譜,這兩個詞當是出自英文的book-hunting和book-hunter,屬於現代的舶來品。普天之下人類思維和語言的巧合實在奇妙得很。《牛津英語詞典》釋hunt竟也跳不出實指與虛指這兩端,讀來親切。

解剖獵書狂

談「獵書」,不能不提1948年73歲時去世

的著名英國文人霍布魯克・傑克遜（Holbrook Jackson）。豈止「獵書」，凡是愛書人能夠想得到甚至連想都想不到的話題，全被老先生他梳理得幾乎窮盡了。如果說理查・德・柏利（Richard de Bury）開啟了西方書話的文類，那麼傑克遜便是西方書話瑰寶的集大成者。難怪，梅奈爾（Francis Meynell）曾把這位視書為精神的空氣、食物和飲料的飽學之士，稱為書籍世界的「指揮家，而不是作曲家，並且是位光彩照人的指揮家」。對於他的著述，我最珍愛的是他初版於1930年，題為《解剖愛書狂》（*The Anatomy of Bibliomania*）的「書話百科全書」。當年在紐約一家舊書店見到這部體大精深的著作時，我幾乎興奮得驚呆在架子前。那景象猶如一個新獵手猛然間見到了恐龍的出現。從此，這部近700頁、32部分共200節的巨編就成了我旅行箱中的必備，成了我自己精神的空氣、食物和飲料。

《解剖愛書狂》第21部分以14節共35頁的篇幅剖析了「獵書」（Of Book-Hunting）的方方面面，真是蔚為大觀，可以稱得上是走入「獵書者」心靈的《聖經》。

傑克遜旁徵博引強調「獵書」極有益於「獵書者」的身心健康。同世上其他娛樂活動相比，

唯有「獵書」能帶給人安全的恬靜和無與倫比的愉悅——

> 就算一個獵書者未能如願以償得到他想得到的書，那他步行到書店去本身也是有益健康的。到了書店，他多半會同那些滿肚子掌故、令人開心的賣書人愜意地聊天。身在群書環抱中，同一冊冊書籍交談，這兒看看，那兒看看，品味各式各樣的書名頁，快樂體驗着手觸摸到精美裝幀時的感覺，體驗着看到完美版式時眼為之一亮的感覺，體驗着突然發現一本不常見到的書時脈搏加快的感覺。

這段描繪「獵書者」獲得獵物時的微妙心理，完全可以叫板屠格涅夫的《獵人筆記》。

什麼樣的人才配稱之為「獵書者」呢？一個「獵書者」首先得為獵書的慾望或愛書的慾望所驅動。尋訪書籍的熱情當勝過其他所有的熱情。尋訪書籍的過程和獲得獵物的剎那同樣能令其心動。其次，「獵書者」必須心誠、眼明、在行。甘當業餘終究成不了真正過硬的「獵書者」。

比照傑克遜他老人家給出的兩個條件，我究竟算不算「獵書者」呢？

坦白說，購書、求書的慾望有時強有時弱。

可只要財力允許，對於心儀的書我不會皺眉頭，而且中意的書必備兩套，一套插架，一套翻閱。錢鍾書的文集國內書房的架上就立着兩套。周作人的文集，鍾叔河編的不算，止庵校訂的河北教育版就有兩套。弗雷澤(J. G. Frazer)的《金枝》(*The Golden Bough*)雖未必多麼精深，卻絕對稱得上博大。坊間偶能購得的一卷節本不過是12卷的「滄海之一粟」。幾年裏搜尋到麥克米倫(Macmillan)1915年前後出齊的第三版12卷本兩套，其中最近購得的那套燙金硬封和書脊簇新，書頁尚未裁開，像是才從印刷廠出來的。不用説這12卷本彙聚了二十世紀以前人類大部分迷信與習俗的標本這一哪怕是考古學意義上的巨大價值，就是常讀弗雷澤乾淨、簡潔、縝密的英文所帶來的陽光般透明的樂趣，是讀許多今人的英文著作無法品味到的。

狩場教戰手策

獵書的激情跟着我進入北大，然後負笈美國，再然後回國創業。心境好的時候去書店是理由，心境差的時候去書店更是理由。書店是我的第二狩獵場。第二狩獵場，我指的是獲得獵物的地方。時間在這裏往往意味着只是「剎那」。獵

書的準備，慾望的點燃，激情的延續是從第一狩獵場開始的。什麼是我的第一狩獵場？説出來很簡單：圖書館和學者的文集。而時間在這裏則往往意味着「窮年累月」，以至「永遠」。

我進圖書館從來不打算真去借書，只是習慣隨身帶上一支筆和一個小本子，走進書架構築的書林中，「流觀架上，名近雅訓者，索取翻檢。要籍精本，必時遇之。」(張之洞《輶軒語》)邊做書林散步，邊記下書名、著者、出版商及出版日期，對書的價值及內容略記數筆，回到家中書房錄入我的「欲購書單」，依照求得的迫切程度分別標上一至五星為號。從圖書館記下的書名待相遇於第二狩獵場即書店時，便連翻檢的時間也會省下，因為畢竟像兩個真人傾談良久終成相識一樣，彼此早已建立了相互的信賴，犯不着生疑或是猶豫。傑克遜把獵書者分為兩類：旨在滿足獲得慾望的物質型和旨在提升與滋養對書籍的品位的精神型。圖書館正是能同時滿足這兩類獵書者的絕佳場所。珍本秘笈非自己財力所及，飽飽眼福已應知足。財力範圍之內的書從外觀到內容，時時溫故，生書漸成熟書，從容中對書的品位越煉越純，終有一天覺着是站立在了巨人肩膀上，獵書的眼界與識見陡然寬廣和深入起來。

學者的文集在我心目中往往成了繪製精細、

呼之欲出的「獵書地圖」。這要稍作解釋。依我的偏見，學者可分做兩類：一類坦誠，一類取巧。伯林 (Isaiah Berlin) 在那篇研究托爾斯泰史觀的著名論文中，曾把學者分為「刺蝟」型和「狐狸」型，並引古希臘詩人阿基洛克斯 (Archilochus) 詩行加以申明：「狐狸知道的不少，但刺蝟卻精通一樣。」(The fox knows many things, but the hedgehog knows one big thing.) 我的劃分自然不是伯林博與精意義上的劃分。我的所謂「坦誠」型指的是我能從他文字中輕易看清楚他「思想」的「心路歷程」；我的所謂「取巧」型，指的是我絲毫看不出他「思想」所由來的軌跡，而這軌跡泰半是被精心抹去了，好像是出於動物怕被追捕的本能，小心翼翼用文字的樹枝、鬆土或是積雪掩藏住自己的腳印或排泄物，讓循跡或循味而至的獵手擁抱荒涼的絕望。如果「日光之下無新事」這話成立，我更情願接近那些「坦誠」型的，這至少讓我覺着親切和放心。

錢鍾書和周作人是我景仰的「坦誠」型學者，他們的文字自然成了我最信賴的良師益友。有人曾譏錢氏「掉書袋」、周氏「文抄公」。若求知為的是做人，而做人最難得的境界是坦誠的話，這些人的譏諷就會不攻自破。炫耀自己思想「新穎」和「獨創」的所謂「取巧」型學者也就

像自以為身著新裝的皇帝，一路傲慢地走着，卻不知早已被孩子澄澈而致命的目光刺穿了。參透這一點，「掉書袋」「文抄公」們的可愛以至可敬便不言自明。敢於把自己思想所由來的軌跡一一昭示出來所需的不僅僅是表達的勇氣，更需要的是來自學術本身的自信和底蘊。從獵書者角度看，這類慣於一絲不苟引經據典的學者著述中的引文和註腳，便成了價值不菲的「獵書」指南或嚮導。

循跡覓雪蓮

我曾無數遍仔細閱讀錢氏《管錐編》一書的註腳，自以為從中獲得的趣味和滿足感不下於閱讀它的正文。從這裏，我記住了 Loeb Classical Library, World's Classics, Everyman's Library 和 Bohn's Library 這些歷史上由學術和文藝彙聚而成的文化的「珠穆朗瑪峰」。依着錢氏品味可信的引導，十幾年來我像一隻饑餓的獵犬，走進一家家舊書店，不放過一架架書冊，辛苦而自得其樂地採摘下來自這些「珠峰」的「雪蓮」。望着自己書房書架上因偶然的際遇和斬獲而漸漸擁擠起來的「獵物」的隊列，心中的滋味早已非語言所能真切摹寫出來了。寫至此，一抬頭看見書桌對面

右側玻璃書櫥下面第一格中柏頓(Robert Burton)的《解剖憂鬱》(*The Anatomy of Melancholy*)，和曾做過英國首相的迪斯雷利的父親以撒·迪斯雷利(Isaac Disraeli)的《文苑搜奇》(*Curiosities of Literature*)，便總覺着是錢先生送給的珍貴禮物。這些年怎麼整理擺弄櫃裏架上的藏書，從未動過讓它倆分開的念頭，也許就是對錢先生默默的感念。

周作人引領我進入到性學、文字學以及兒童經典的叢林。1994年1月19日新帕爾茨(New Paltz)的「購書記」查得如下記錄：

連日大雪封門，今日始停，但氣溫極低。這場雪暴為紐約州歷史上所罕遇。踏雪至Main Street上之舊書店。見破唱片旁有白色精裝書一冊。覺眼亮。抽出。大喜過望。乃十六世紀阿拉伯世界的Shaykh Nefzawi的性學經典《香園》(*The Perfumed Garden*)。讀周氏文集見有此書紹介。校圖書館已有目無書，未之見。今雪天得「禁書」，真是快哉。書品極佳。白布硬封，紅色花飾與金字相映，可謂楚楚動人。毛邊。271頁。紐約G. P. Putnam's Sons 1964年美國首版二印。大名鼎鼎的理查·柏頓(Richard F. Burton)英譯。此版前有Alan H. Walton長達55頁的引論，敘此書誕

生、版本流傳、在性學文獻以至瞭解阿拉伯文化方面的價值甚詳。珍藏之。

周氏曾介紹理查‧柏頓《天方夜譚》的英譯，並不無惋惜地慨歎未能得其全譯。靄理士 (Henry Havelock Ellis) 是周氏引為同道的思想家，文集中屢次引述。從此，我又踏上了搜尋柏頓和靄理士的獵途。

1993年6月4日紐約布魯克林的「購書記」有這樣一條：

未打工前趁閑至曼哈頓Strand一逛，沒想到竟獵得靄理士大著《性的心理學研究》(*Studies in the Psychology of Sex*)。褐色硬面精裝七卷。費城F. A. Davis Company 1910–1928年版。書品甚佳，書頁無筆劃痕，亦無破損。近讀知堂文，見其多次提及靄理士，評價頗高，起搜求之興味。見僅此一套，且版本書品理想，以美金40購得，此之謂物美價廉也。同時在店裏搜得靄理士自傳《我的一生》(*My Life*)，精裝，647頁，毛邊，波士頓 Houghton Mifflin Company 1930年版，書品極佳。甚得意。

當然，心誠的結果使我玻璃書櫥中最終並排

立起了柏頓《天方夜譚》的兩套全譯。紐約The
Heritage Press 1962年重印「有限版本俱樂部」
1934年六卷，合訂為三卷，共3975頁的版本。書
品之新少見。精裝再加上著名的安吉洛（Valenti
Angelo)專門繪製的一千零一幅洋溢着阿拉伯風
的插圖，插圖全為單線勾勒，乾淨得神聖，每次
翻開書頁總禁不住把玩良久。購這套珍品不過用
了45美元。另一套是「柏頓俱樂部」自印發售的
16卷精印本，毛邊，收正編十卷，補編六卷。雖
未印印製日期，從字體及版式推斷，極像是其在
1885–1888年推出的被認為是「里程碑」式的全
譯全注本，豈有放過之理。500美元一套也花得心
花怒放，怪哉。

　　回味20年來國內國外「獵書」的經驗，我忽
然意識到自己的另一大收穫是養成了等待的耐
心，獵書的慾望只要無時無刻不強烈燃燒在漫長
卻充滿希望的耐心裏，上天總會還給你意想不到
的大驚喜。套用哲人伏爾泰的話說就是：獵書者
的天資即是那持久的忍耐。真的，記住「忍耐」。
這是一個獵書者所能給出的最私密的忠告。

阿Q不朽！

——關於「狂人」「阿Q」的若干斷想

引子：

詩人帕茲(Octavio Paz)說：不，不是記憶牢記住了過去，是過去返回身來尋找到了記憶。

無論如何，我現在非要寫寫阿Q了。我要寫的不是革命黨鋒利砍刀下早已作古了的那一個阿Q。我要寫的是活着的阿Q，因為死神的魔影從來就不曾把他淹沒。是的，他活着，的的確確、現現實實地活着。阿Q不朽！

四周夜色濃得很，像但丁叢林中恐怖的夜色。我疾行在一片古老的曠野中，曠野無聲無色。朦朦朧朧之間，一個村莊的輪廓推到了我的眼前。

他客氣地(不帶絲毫的痞氣)把我讓進屋去。一頂破氈帽，算得出歲月的積塵。他取出一套頗為考究的紫砂茶具。一盅溢香的茶送到面前。我竟有些猶疑。他這是真的好客，還是別有什麼用意？從他明明不僵不硬的笑容裏，我讀出些什麼？一見如故？他顯然曾經和我相當熟稔。這令

我不安。何時何地何境中見到的他？何時何地何境中見到的我？或是窺到的我？

我還是接過茶來。他很有些機靈，似乎讀透了我疑惑的含意，不慌不忙之中用並不骯髒也不粗糙也不蒼老的手摘下氈帽。塵土頓時如迷離的記憶借着霧濛濛的燈光零散地紛飛起來。而且，他竟會意地點點頭。我的天！我差點兒沒叫出聲：阿Q！不打折扣的阿Q！那塊癩瘡疤如堅硬不朽的象形文字在他的頭頂上鐫刻着永恆的印跡。我有些如釋重負。

屋中央的桌子上隨意攤放着幾部書。還有洋文！莫非這阿Q還暗地裏識得許多文字？!見鬼。旁邊是幾張舊報紙。紙的陳舊在燈的昏黃下生出一種窒人的歷史氣息。報紙的名目已不復存。但紙面中間的一幅照片吸引了我。他看看我，掉轉頭去也看那報紙。我發現他的後脖頸上刻着一條長且深的暗棕色疤痕。

「這是當年老子慘遭革命黨砍頭時照的相，媽媽的！」他分明憤憤地下意識一把護住脖頸。阿Q原不是一個瘡疤一好忘記疼的人。

我向他提起吳媽。「吳媽」這兩個字為他的目光中添了些閃亮的東西。是呵，吳媽對我說起過他。她多少覺得有些對不住他。在她石板一樣冰冷孤寂的生命中，第一次也是最後一次使她心

靈乃至肉體有點「那個」的人，畢竟是不知深淺的他呀！

他有了倦意，也許是裝出來的？他不像有交談的意思了。

熄了燈（還是時髦的電燈這玩意兒），我在床上難以入眠。他睡功極好。很快，黑暗中只迴響着他頗有節奏的鼾聲了。我望着窗外直望到兩眼發酸，索性掉轉頭面向牆側。忽然，臉上有微癢的感覺。伸手去摸，像是蛛絲。無形的蛛絲以它極細微的感覺告知着它們真實的存在。存在不是以存在的量來衡量的，存在就因為它存在着。

這一夜，我根本無法睡去。「未莊的阿Q」像急雨中的水波拍打着我靜思的岸邊。

哦，「未莊」？

「未莊」也許是個從來就沒有存在過的地方？也許，它索性不過是個名目，可以安放在任何地方的一個名目？也許，它是一個永遠只存在於未來的地方？一個時間無論如何也不能把它毀滅的地方？

那麼，「未莊」的這個「阿Q」呢？也許，根本不是魯迅筆下的那一個？也許，「阿Q」也僅僅是個名目而已，一個可以極隨便指稱任何人的名目？比如：我，你，特別是那個「他」字？也許，我正是不戴氈帽，沒有疤痕，不叫「阿

Q」的阿Q？而他，我親眼見到的和我如此熟稔的人卻是戴着氈帽，有着疤痕，名叫「阿Q」的非阿Q呢？

夜的世界呵，一個令人迷惑的深淵……

孿生兄弟阿Q與狂人

讀魯迅的文字，再一次使我相信「阿Q」與「狂人」是一對無法分割開來的孿生兄弟。我試圖理解的已遠非一個阿Q或一個狂人可能或最終「代表」着什麼。我的困惑在於為什麼是魯迅選擇了他們或者是他們尋找到了魯迅。

以往歷時性解讀的一個誤區是：把這兩部作品定位於單一的文學表述的範疇內，以撰述時間的先後對它們進行所謂藝術成熟性的進化論式判斷，並據此為作品貼上「深刻性」的標籤。時間的推演與藝術塑造手法的變革，被視為是作品深刻與否的唯一決定因素。然而，有着諷刺意味的是，作為文學家的魯迅首先並且最終是一個中國傳統文化或文化傳統的不懈的審視者與批判者。棄醫從文對於魯迅而言不是一種現實的逃避或個人趣味的取捨，相反，它是魯迅直面人生更深刻地切入文化現實的更為「激烈」的方式。他無疑意識到了「筆比刀利」（A pen is mightier than the sword.)。從一種隱喻的層面上說，魯迅始終是帶着一顆「冷酷」的醫生的心，在文化的病床上為他意識深處的民族的人履行着一個醫生的職責。這一職業的抉擇本身正說明了思考者的魯迅向思想家的魯迅的視界的飛躍。

基於此，兩部作品也就必須放置在一種共時性的能動的框架中加以觀照，它們既衝破時間順序的羈絆，又跨出了單一的文學的範疇，從而可以和魯迅的全部文字組成「互文」，一同展示魯迅文化觀的「整體活動」。在這一「整體活動」之中，文字超越了表面上的差異而達到了意圖的一致。

反（返）傳統主義

「狂人」與「阿Q」的不可分割，恰是思想家魯迅對民族性以至人性的本質的痛苦發現。「阿Q」書寫着民族性令人絕望的一面，而「狂人」書寫着民族性給人希望的一面。正是這種絕望與希望共存的民族性的體認，解釋着魯迅的不懈批判。批判是因為他的絕望，而不懈又是因為他的希望。魯迅的這一心態正集中體現了近代中國知識份子對待傳統文化的心態。從這一意義上說，近代中國文化思潮中的「傳統主義」與「反傳統主義」便從表面上激烈衝突的姿態下，凸顯

出了一個共同的動機——為同一文化傳統的存在尋找合理性甚至合法性的依據。「傳統主義」只在同質的文化價值系統中試圖為這一系統本身辯護。「反傳統主義」則凌越或反叛了它所要審視的文化傳統，從異質的文化價值系統中來投射這一傳統，期待這一傳統依此種投射的方向行進。他們所試圖回答的其實是同一性質的問題：如何延續這一文化傳統的生命。一個採用的是傳統中醫體內氣血自我調補的方法；一個採用的是非傳統的西醫手術速療的方法。

錢鍾書先生論「反」之意，謂「反」兼二意：一者正反之反，違反也；一者，往反(返)之反也。「反傳統主義」在本質上也還是「返傳統主義」。包括魯迅在內的新文化運動的「激進」分子「耽戀」中國古籍的心態，除了試圖獲得一種局外人的超越和冷靜外，真正「耽戀」於作為他們生命家園的文化傳統恐怕是一種不想承認卻又極為有力的解釋。要之，正是這一傳統與他們審視視角之間衝突性的張力，構成了他們的生存空間。視角的存在前提是它的審視對象，而不是它自身。傳統的不可容忍的滯後性，正是它的批判者引以自傲的前瞻性的出場前提。艾倫·布魯姆說：「自由與歸附之間的張持，以及企圖企及這兩者之間不可能的聚合，乃是人的永恆的境

況。」這一人與他所面對的政體間的關係，同樣適用於人與他所面對的文化傳統間的關係。

闡釋的循環

對我們而言，「阿Q」與「狂人」在魯迅的整體文化觀中構成了一個「闡釋的循環」。欲有「狂人」的前瞻性，必先有「阿Q」的滯後性；而欲洞察「阿Q」的滯後性，又必先具備「狂人」的前瞻性。《狂人日記》與《阿Q正傳》的不同敘述模式是極具意味的。「狂人」以第一人稱的「我」來敘述，這表明了「狂人」的一種清醒的主體非中心化的意識。「我」必須脫離「我」的現實生存狀態，以便為自己在文化的價值世界中定位。「我」成為了「我」自我審視的「客體」。「阿Q」的敘事是以第三人稱的「他」（「阿Q」）進行的，這暗示出處於主體中心化狀態中的「阿Q」，不需要也不可能脫離「他」的現實生存狀態，來把自己「降為」一種客體來解讀、來定位。「阿Q」必須借助異己的敘述者來再現自己的生命活動。主體的非中心化，即主體對主體的流放，乃是企及界定主體與其置身其中的世界之間的關係的唯一途徑。主體的自我中心化只能在殘酷的歷史現實之上為自己

建築一種逃避的幻象，以為中心化了的主體掌握並戰勝着歷史現實。這其實正是著名的「精神勝利法」的實質之一。

解讀歷史結構的方式

《阿Q正傳》以虛構（「故事」）來寫。《狂人日記》則以紀實（「日記」）來寫。這一紀實與虛構之間的呼應，似乎是在暗示着魯迅解讀文化傳統整體方案的方法論：通過「歷史結構」來審視「人」，而又通過「人」來審視「歷史結構」。這一方法論解釋了《阿Q正傳》的「未莊」背景的模糊性、虛構性（未莊？），「阿Q」作為人的真實性（魯迅對「阿Q」姓名考索的調侃筆調下，流露着他試圖肯定其人真實性的動機），以及《狂人日記》的「我」作為人的模糊性（隱去了鮮明的人物特徵）和「趙莊」背景的真實性。《阿Q正傳》代表着前者，而《狂人日記》代表着後者。

阿Q具有一個專名，雖然這一專名亦含模糊性，但它畢竟是亦得到阿Q認可的標指符號。而「狂人」則體現着一種價值判斷，它是狂人所置身的文化價值系統強行加在「我」身上的。「我」並未認可它可以用來標記「我」，因為在

「我」的意識裏，我乃是「非狂人」或「反狂人」。不過，「狂人」作為個體的存在顯然不是此時魯迅關切的焦點，他的真正着眼點在於「狂人」置身其中的「歷史結構」。「兩千年來的歷史編年賬」正是這一歷史結構的象徵性表記符號。顯然，魯迅意識到了主流或正統歷史神話虛幻的實質，意識到了歷史編纂或歷史話語作為一種價值中立的透明澄澈的歷史現實再現中介的不可能性。這一思考是借《狂人日記》，即「狂人」的話語系統——對身陷於文化傳統價值系統迷霧中的主體而言是「瘋態」的夢囈——而呈現的。

應當指出的是，這一重審文化傳統之文本的嘗試並不是孤立無援的。「新文化運動」以提倡新的語言、新的創作體裁為「重構」歷史大文本的突破口(堅信語言的變換體現着思維模式的變換)；「古史辨」派則在這種倡導語言與思維結構的變革的大背景前，索性直截了當地「改寫」歷史大文本，對文化傳統的觀念符碼系統進行毫不留情的「誤讀」。

魯迅作為思想家的成熟體現了他方法論的完整與深刻。他解讀歷史結構是以解讀歷史結構中的人為前提的，而他解讀歷史結構中的人又是以解讀人所生存其間的歷史結構為前提的。這一循環或悖論是他思想家的合格標誌。

共同實現生存本能

　　「生存」有着兩個層面上的意義：一個是力爭活下去，一個是力爭不被剝奪生命。從這一角度來說，「狂人」與「阿Q」的不可分割恰是因為這兩者共同完成了個體生命的最為突出的本能：保護、防衛的本能(defensive instinct)。「阿Q」通過他的「精神勝利法」實現着這一本能；「狂人」則通過對傳統力量的自覺與清醒，實現着這一本能。「阿Q」體現着活下去的意志，而「狂人」體現了不被剝奪生命的意志。這樣，魯迅對人性內蘊的認識便逃過了簡單化的描摹。閒適、自足的「阿Q」與緊張、焦慮的「狂人」從終極意義上說，則均以各自的方式認同於他們所面對的現實。「安於現實」與「警覺現實」均未達到掙脫現實的結局。「狂人」的「救救孩子」的祈求式吶喊也正書寫着「他」掙脫現實的不可能性。這是批判者魯迅對中國文化傳統超人的制衡力量的深邃洞察，也是將複雜的人性的生命本能同這一力量的殘暴進行對抗時無力與無望的境況展示出來的良苦用心。

「非人化」的價值域

不妨說，在魯迅的筆下，上述文化傳統的實施與鞏固，是通過將其中的個體生命「非人化」從而實現的。「阿Q」的不具有「正常」的家庭生活與「狂人」在他人眼裏的「瘋態」，無一例外地把他們均定位在了「非人化」的價值域裏。「未莊」之人對於「阿Q」肆無忌憚的調侃，正是基於他看似的「瘋癲」。

「阿Q」與「狂人」又從作為個體生命的人的本質上，為我們開啟了不同的審視視角：橫向來看，人有「常人性」與「非常人性」之別；縱向來看，人又是「意識」與「無意識」的匯合。而作為制衡力量的文化價值系統與作為終極判斷的人性價值系統的不協調以至相乖背，是魯迅批判思想光照下凸顯出的又一個複雜的命題。「阿Q」代表着文化價值系統中的「常人」，代表着人的「無意識」層，代表着終極人性價值判斷中的「非常人」；而「狂人」代表着文化價值系統中的「非常人」，代表着人的「意識」層，代表着終極人性價值判斷中的「常人」。從這樣一種分析來看，「狂人」的生與「阿Q」的死，便有了直指人性本質的意義：終極意義上的「非常人」終究將被他的社會吞噬殆盡，而終極意義上

的「常人」才會真正延續本體的生命。

　　「阿Q」之死似乎還有另一層的暗示：生命本體的消失(在這裏借助的乃是社會的殘暴職能——砍頭)才是人的「滯後性」「非人性」「無意識」徹底消失的先決條件，而這是否和新文化運動徹底更換文化語境的激進嚮往相一致呢？此外，「阿Q」之死至少對我們引出了如下的問題：

　　一、歷史結構的力量將以暴力(砍頭)來消滅威脅其合法性的其他暴力(阿Q的革命)。

　　二、歷史的參與者(阿Q之死的圍觀者)往往「欣賞殘酷」，將殘酷變為欣賞對象，使殘酷異己化、陌生化，以求從歷史之境的兇殘中獲得暫時的自慰或遺忘。

　　吃人者與吃人的觀賞者是歷史罪惡的共謀。

滯後性滋長了生命力

　　比起「滯後性」來得更可怕的，乃是「滯後性」得以生、得以存、得以長的歷史結構(阿Q周圍的未莊的現實空間及其中的觀賞者)。沒有「未莊」也便沒有「阿Q」。「二十年後又一條好漢」並不是「阿Q」的囈語，倒是他無意識中揭示了這一歷史結構「滯後性」滋長的久長的生命

阿Q不朽！　　·185·

力。「阿Q」的期望是他生命的歷驗刻寫在他靈魂中的。「阿Q」對於這一歷史結構的反叛或革命終於歸結為「滑稽」。歷史正是以「滑稽」消解了任何企圖顛覆它的成份。

歷史「景觀」的反諷

「阿Q」提供了一個供人「觀賞」的「景觀」。同時置身於這一「觀賞」景觀中的所有參與者也構成了另一個「景觀」。只把注意的焦點傾注於前者而無意或有意地忽略掉後者，則是迄今為止的「阿Q」研究中的一個灰暗地帶。而這一忽略最終是無法解釋「阿Q」現象的，因為「阿Q」之景乃是以至必定是在後一種「景觀」中確立其意義的。這是魯迅給予我們的最有力的提示。

在這樣兩個彼此相套合的「景觀」之外，現代的「阿Q」批評者們及讀者群更構成了另外一個更大亦更複雜的「景觀」。我們之所以不滿意於這一現代的批評者的「景觀」，乃是由於這一「景觀」自身的「暴力」取向，即它首先預設地把「阿Q」從種種在他們以為是「非阿Q」的關係之網中剝離開來，以期將它變為孤絕的自足的自律體。其結果是：他們至多所能回答的是「這

個阿Q是什麼樣的」，而無法涉及「為什麼會有這樣的一個阿Q或阿Q們」。

現代的「阿Q」批評者實質上早已陷入了歷史所巧妙營構的「遺忘域」中。「哀其不幸」與「怒其不爭」本質上又是在迴盪着「精神勝利法」的靈魂。他們從一開始即果斷而警覺地把自己同「阿Q」隔離開來，「阿Q」成為一種純粹的「他性」(otherness)，一種在憐憫的氛圍裏承受批評者情感關懷的「他性」。這一策略使他們獲得了兩種東西：第一，界定了自己的「非阿Q」的合法地位(凌駕阿Q之上，救世主式地施加憐憫)；第二，將自己的「阿Q」式內核偽裝成一種超越的姿態，以掙脫人的「阿Q性」陰魂的糾纏，以遺忘來掩埋恐懼。他們有着和「阿Q」一樣的時間觀：投射「過去」或「未來」以遺忘無情的「現在」，以此企及「現在」的安適和安慰，而非像焦慮「現在」的「狂人」那樣。

作為現代批評者的我們，其實同「阿Q」周圍靜默或亢奮的「觀賞者」沒有了本質的差異。「觀賞者」是我們的過去的投射。我們則是「觀賞者」現在的復活。我們如此的存在加重了「阿Q」後脖頸上砍刀的份量。這正是歷史的一個最大的不幸和反諷。

「阿Q」的預言已過去了多少個20年！由於

包括我們在內的「觀賞者」的壯大，「阿Q」的後代必然生息繁衍以至壯大。

阿Q活着。的的確確、現現實實地活着。

阿Q不朽！

伊甸園的黑暗
——《舊約·創世記》中的一種女權/女性主義解讀

> 假若史乘由女子編述，像教士們保藏在經堂裏的
> 那樣多，她們所寫的男子的罪惡恐怕所有亞當的
> 子孫都還償不清呢。
>
> ——喬叟《坎特伯雷故事集》，「巴斯婦的故事」

　　此後的文明史家是否會重新撰寫一部完全不
同的人類文明史呢？是也罷，不是也罷，沒有理
由遺忘二十世紀的今天卻是一個無法迴避的現
實。因為一直閃爍着榮耀金輝的漫長的西方(乃至
全人類)的文化傳統，正經歷着一場空前的帶有
巨大搖撼力的洗劫，一種被冠之以feminism的批
判。歐美feminism的出現有其悠遠的發展歷史。
這遠不是二十世紀的事。然而值得注意的是，這
一運動已從其初期的爭取婦女在社會實踐諸層面
上與男性的平等權利，發展到一種重新理解、發
現和組織人類認識結構的新視域或理論方法論。
把feminism譯為「女權/女性論」更貼切，因為這
樣既涵蓋其歷史發展，同時又強調這一運動的當

代理論意義，即它作為一種新視域的意義。本文暫依通譯，譯為女權主義。

摧毀西方全部文化傳統的革命

對於西方文化傳統的受益者與捍衛者來說，當代女權主義批判浪潮的到來不啻是恐怖的洪水猛獸，它還是一次企圖全面摧毀西方現存全部文化價值秩序的「哥白尼革命」。

值得提醒的是，把「哥白尼革命」這頂桂冠加在當代西方女權主義文化批判的巨大潛能之上，對於它而言，既受之無愧卻又得之不當。因為它在揭示這場文化批判的革命性質的同時，卻又似乎暗示了這一革命的局限性，而這一局限性恰是現階段女權主義的文化批判策略所竭力避免的。

對於十六世紀以前的宇宙認識論而言，哥白尼將地球從一種萬星來朝的中心地位，放逐到一個以某種普遍的數學精確性圍繞太陽這一新的「真正」的中心運動的邊緣地位上去，這無疑是一次劃時代的突破。哥白尼以他的睿智和膽識為宇宙重新描繪的這幅嶄新圖景，無可否認，是更進一步切近了真理的。然而他的宇宙認識論革命的局限性也是巨大的：他最終未能擺脫有中心論這一為所有宗教宇宙論所具有的權力等級特質。

推翻了地球的中心地位將它還原為邊緣性，卻又將這一中心的榮耀歸附給那個曾經處於和它同樣邊緣性位置的太陽。這種邊緣與中心的互換，在現代科學的天體論看來，僅能在一個極為有限的場域內擁有價值，它畢竟是遠離揭示宇宙整體特質的。現代科學宇宙論的基本出發點就在於，承認宇宙的無中心性，承認宇宙系統中每一個成員的平權性。

同樣，從發展的角度看，當代西方女權主義（主要是二十世紀80年代）文化批判的理論路向，也並非像對之不屑一顧的男權衛道士或對之加以膚淺、激進理解的某些女權論者那樣，把它簡單地化約為：似乎是試圖在人類文化（主要集中於西方傳統）現存權力結構之內，徹底顛倒男權/女權這一實質上不平等的對立項，以壓迫者之道（男權對於女性的支配）還治壓迫者其身（以女權戰勝男權，施行權力再分配）。換言之，這一文化批判的真正革命性意義絕不在於以女性的經驗取代男性的經驗，以文化價值秩序中的邊緣性奪取文化價值秩序中的中心性，並且使之普遍化為人類文化的價值新規範。如果說女權主義之所以提出並強調文化秩序中的邊緣性（marginality）地位這一概念，是為了意識到並且向文化的中心性回歸的話，那麼，這就無異於扼殺了這一概念的強大生

命力，因為這一概念的警醒作用恰恰在於避免向文化的中心價值回歸。

邊緣性開啟了審視主流文化結構的可能性，而在此之前，主流文化是無法從其內部得到批判性審視的。邊緣性的女權主義意義則為我們揭示出：成為規範了的意識或被賦予了特權的意識便成為一種無意識了。因為成為具有特權的規範的東西，就再也不去質疑它自己的本質了。處於邊緣性的東西，從來就不配享有任何不去自我質疑的特權。這就表明了這樣一種態度：對那樣一種特權享有的喪失，恰是真正人類認識的出場。

這樣，當代女權主義文化批判的潛在力量也就在於：通過對文化傳統的細讀與解構，顛覆銘刻着中心性/邊緣性、支配性/被支配性、壓迫性/被壓迫性等等這一有中心取向的全部文化傳統的不平等基石(因為任何中心的設定必然暗示着以它為價值尺度的某種邊緣性、某種從屬性、某種向心性、某種被制約性)。毫無疑問，在一種本質意義上說是完全平等的新的文化價值系統中，人才會最終確定自己的位置。

吃女人的歷史

歷史必被重新解讀。當history被女權主義銳

利的解剖刀剖解成his-story的一刹那，一直被人們理所當然地視為是人類的歷史的東西，便赤裸裸地畢露了原形。它——「歷史」(history)——不過是他的故事(his-story)，一個講給人類聆聽的男人的故事。這一並非語源學意義上的發現卻以其潛在的啟示力量，為西方文化傳統的批判牽來了一道女權主義的曙光。

那麼，歷史必被重新加以界定。它基本上是由男人撰寫的關於男人對世界的體驗的故事。其絕大部分內容乃是戰爭或為準備戰爭而暫時達成同盟的記錄。這樣一部出自男人之手的故事只能是壓迫與征服的歷史。而在這一基於男性經驗的所謂人類的歷史中，女性的經驗大多被略去或僅僅是所謂「真實」歷史的一種裝飾物。維吉尼亞‧伍爾芙(Virginia Woolf)曾這麼感慨過：除去我們母親、祖母、曾祖母的姓氏、結婚的日子、生產的孩子的數目之外，我們對她們可以說是一無所知。

不難想像，當第一次意識到女性自身的被壓迫恰恰是來自包括她們在內的人類所共同創造的文化的時候，覺醒了的女權主義「狂人」便也翻檢出寫滿了平等、博愛、繁榮、進步、幸福、自由的人類歷史編年賬來，她(他)們也從字縫裏艱難地(多少個世紀！)讀出了幾個字——「吃——

人」，「吃——女人」。她們同樣作為歷史文化創造的主體，竟始終被壓迫性的男權吞噬着！

女性主體的二重性

如前所述，這裏需要注意的是：這一對女性在整個西方文化傳統中的缺席（absence）的覺悟，是一個極富意味的事。不加深究地以為，女權主義的批判目標在於喚回西方文化傳統中作為歷史主體之一的女性主體的重新出場（presence），極易遭受男權論者的迎擊。因為既然女性主體的缺席是「歷史的」（或「歷史性必然的」）[1]，那麼，這與男性主體的出場並不構成對抗性矛盾。前者的缺席並不要後者的出場負責。

為了避開這一極易產生誤解從而化約女權主義文化批判策略的表層認識，我們有必要對主體這一概念作深一層的剖析。只有當我們能夠證明作為歷史主體之一的女性主體始終是出場的（而非

---

1 以一種女權主義的觀點看，「歷史的」已經意味「父權的」了，而父權制必然是母權制的發展結果這一「歷史的」（男權的）規律，則正被越來越多的（女權）人類學家們的理論與實證材料所詰難。一個早期的例子是J. J. Bachofen具有深遠影響的專著《神話、宗教與母權》（*Myth, Religion, and Mother Right*, Princeton: Princeton University Press, 1988）。他在該書中最先提出女性在原型的原初社會中是支配性的。

始終是缺席的），卻同時又始終是被迫處於缺席狀態的時候，呼喚女性歷史主體的呈現才具有文化認知與社會實踐兩個層面的重要價值。

主體（subject）這一概念，正如雷蒙・威廉斯（Raymond Williams）指出的那樣，具有一種諷刺的兩面性。sub-這一詞素的拉丁語源意義是「處於……下方」，-ject（jacere）意為「拋擲」；合而意謂「拋擲於……之下」，即「臣服或受制於人」之意。[2] 因而主體最先具有的是日常英語即使現在還依舊使用的這一普遍意義：被動的政治支配的對象。只有後來到了德國古典哲學那裏，它才搖身一變，成了主動的、積極的精神或思維的力量。在西方文化傳統中，這樣兩種相悖的意義則同時附着於subject一詞之上。作為政治支配的對象，作為文化傳統中被壓迫被歧視的對象，女性主體從來就沒有離開過歷史的舞臺。然而作為一種主動的、積極的文化創造者、參與者、分享者的精神主體或思維主體，她們卻從來不曾逃脫被蔑視被抹殺的命運。作為邊緣性的存在，她們的出場始終被支配性的男權所抑制着。

對於女性主體這樣一個同時兼有出場與缺席二重性的悲劇性現實的挖掘，維蒂格（Monique

2　雷蒙・威廉斯：《關鍵字》（Raymond Williams, *Keywords*, London: Fontana, 1976）。

Wittig)與莫里斯(Morris)給出的法文示例是再有份量不過了。在一個男權支配的文化傳統裏（比如法語傳統），「我是作者」(Je suis un ecrivain)既指涉男性亦指涉女性。但當一個作者是一位女性主體的時候，實際寫作的那個我(Je)就同「我是作者」的那個我，亦即她自己的作品，相離異了，因為這個我使用一種對她來說是完全異己的語言。這個我體驗着對她來說是完全陌生的東西，因為那個我並不是這個作者。「作者」(un ecrivain)按照法語語法的正確性要求，只能是唯一地按照陽性來理解。在這樣一個文化傳統中，女性主體「便被語法規則的潺潺之聲淹沒或割裂了」[3]。文化規約的合法性在並沒有宣佈女性主體歷史性缺席的同時，卻又神不知鬼不覺歷史性地抹殺了她出場的現實性，斷送了她生命的真實價值。只有在「我是作者」/「我不是作者」同時為真時，才符合男權文化傳統中女性主體的真正地位，這樣一種歷史雙重性的悖論的發現，自然要求對這樣一種男權取向的文化傳統的根基進行批判性的解讀。只有從根源上尋找出賦予這一文化傳統價值結構以某種合理性的性歧視的力量，以一種全新的視野觀照文化的現實，社會實踐層面

3　見《女權主義辭典》(*A Feminist Dictionary*, Boston: Pandora, 1985)「主體」條。

上的與男性的平權才會最終到來。正是這樣一種清醒的體認，促使女權主義開始在認識論、方法論、科學哲學、心理學、社會學、人類學、語言文學、政治學、倫理學、歷史學等方面作出開創性貢獻。

肋骨只能是肋骨

基督教是西方文化傳統的源泉之一。宗教學的女權主義批判業已揭示它是一個不折不扣的強有力的性歧視（sexism）溫床。

在曾經把《聖經》奉為現世生活絕對價值準則的這樣一個文化傳統中，深深銘刻在它文本之中的性歧視的神旨，以其合理的、威嚴的、不容置疑的暴力型塑着這一文化傳統的種種表現形態，為這種種表現形態的內在性歧視實質上提供了一種壓迫的神聖化依據。沿着這一傳統，性歧視如同生物的基因一樣，處在一個不斷變異的遺傳動態過程中，以致即使像自然科學這個似乎最最遠離性歧視荼毒的所謂「客觀」研究領域，也不能逃脫它的淫威。「科學看起來並非沒有性別，它是一個男人，一個父親。」[4]

4　伍爾芙語。關於這一問題讀者可參閱格根（M. M. Gergen）編輯的《女權主義思想與知識結構》（*Feminist Thought and the*

《舊約‧創世記》中耶和華上帝創造人類的記述，被視作是對於上帝(神聖)/人類(人性)最初關係的一種神學規定。[5] 對於這種具有無上真理性權威的規定進行一種女權主義的批判性解讀，將為我們揭示出建基其上的西方文化傳統的性歧視根源，為重新理解西方文化傳統中男性/女性的價值派定，從而企及女權主義的文化批判目的提供令人鼓舞的策略。

Structure of Knowledge, New York: New York University Press, 1981)中有關章節。以及哈丁(Sandra Harding)等的《發現現實》(*Discovering Reality*, Dordrecht: D. Reidel Publishing Co., 1983)中「性徵與科學」(Gender and Science)一章。

5　《舊約‧創世記》提供了兩個不同的有關上帝「創造人類」的記載。一個出現於1:27，另一個出現於2:4–25。《聖經》的文獻學研究表明前者的形成時間(公元前4世紀)要晚於後者(公元前9世紀)，見坎貝爾的《神的面具》(Joseph Campbell, *The Masks of God*)第3卷，第102–111頁。本文的論述選擇了較早的這一文獻。這是因為形成於公元前4世紀的「祭司底本」(P底本)比起第二個記述來更抽象，神學意味也過重。對於「人類的被創造」沒有給予特別的細節描述。因為它的目的在於宏觀地、完整地將造物進行邏輯分類，並將它們有序地嵌進神創的意圖架構之中，而不是着重揭示神/人間的原初關係。參見《新耶路撒冷聖經》(*The New Jerusalem Bible*, New York: Doubleday, 1985)，第17頁，注1。此外，就其教諭性以及同《舊約》神學敘述的內在邏輯性而言，它的重要性大於P底本。見《新美國聖經》(*New American Bible*, New York: Catholic Book Publishing Company, 1977)，第3頁。它的蘇美爾神話來源以其具象性為我們的比較文化學研究提供了方便，這一點將在以下論述中看到，見《神的面具》，第3卷。

「上帝創造了人類」乃是一個根深蒂固的誤解，它模糊了聖典文本事實上開放給一種批判性解讀的更為深刻的文化意蘊。我們的解讀首先將會揭示：就上帝最初的神創意圖而言，「上帝創造了男人，並且只創造了男人」。不必糾纏這一模糊化是歷史性的疏忽還是文化性的策略。我們進入文本：

> 神用地上的塵土造人，將生氣吹在他鼻孔裏，他就成了有靈的活人，名叫亞當。神在東方的伊甸立了一個園子，把所造之人安置在那裏……神說：「那人獨居不好，我要為他造一個配偶幫助他。」……神使他沉睡，他就睡了。於是取下他的一條肋骨，又把肉合起來。神就用那人身上所取的肋骨，造成一個女人……稱她為夏娃。[6]

從上引文本的神創意圖來看顯而易見：亞當先於夏娃被創造出來。這裏男人/女人生物發生學意義上的時間先後順序還不是問題的關鍵所在。具有本質性意義的是這樣一種類比：亞當＝人/夏娃＝人的肋骨。

「亞當」（Adam）一名來自希伯來語的adam。事實上，這一詞的詞義近於「人類」，即複數性

6　《新舊約全書》神版中譯本，上海，1982。

的mankind，而非個體之人（man，希伯來語中是ish）。用來指稱神創第一人的adam後來被用做專名Adam了。

或許正是這種語詞由泛指變為了專指，使得我們理所當然地認為「上帝創造了人類」[7]。指涉個體也好，指涉整體也好，「亞當＝人」是一定成立的。而這裏，人又是與能夠給予生命的男性同一的。[8] 這種同一性在蘇美爾人以及後來的希伯來人的神話中，被看成是原初人類的完美狀態的一種體現。而夏娃作為女性能夠從男性亞當軀體上被創造出來，正是這種原始信仰——雌雄同體——的一個典型例子。[9] 這種雌雄同體性在父權性的希伯來文化中，是很自然地選取了男性的亞當作為它的象徵化符號的。

「夏娃」（Eve）與肋骨的比擬是一個頗有爭議的問題。較容易接受的是這樣一種推論：近代

7　可參閱阿西莫夫的《阿西莫夫聖經指南：舊約》（Isaac Asimov, *Asimov's Guide to the Bible: The Old Testament*, New York: Avon Books, 1971）。

8　《舊約・創世記》形成前後正是父權文化階段後期。神話描述的男性優先性和普遍代表性是不難理解的。希伯來文中adam不指涉女性。

9　見埃里亞德的《宗教觀念史》（Mircea Eliade, *History of Religious Ideas*, Chicago: University of Chicago Press, 1978），第1卷，第165頁，及格拉夫的《希伯來神話》（R. Graves, *Hebrew Myths*, New York: Greenwich House, 1983），第67–69頁。

語言譯本中的「肋骨」，實出自對於蘇美爾人神話中同一個詞的一種語義雙關的選擇。這一原詞同時意謂「肋骨」與「活」[10]。值得注意的是，這一選擇已經暗示了父權性的文化價值觀在起作用。女人是男人的一部分。女人即是他的人(男人ishah，女人ishsha)。男人由於體現着雌雄同體的完美性，理所當然是擁有對他的產物的優先權的。從前引文本中我們看到，既然上帝只是為了撫慰他的造物亞當的孤寂才又決定造出夏娃的，那麼這個對耶和華最初的神創意圖而言，不過是姍姍來遲的一個替補性或從屬性的應急手段的女人——他的人——只好註定接受亞當的完美性、主宰性、優先性。肋骨除了只能是肋骨外，它還能成為別的什麼？這樣我們可以得出如下的一個對比項系列：

總體(完美性)＞部分(非完美性)

人(亞當雌雄同體，給予生命)＞肋骨(給予生命之對象體)

亞當＝人(主宰性、優先性)＞夏娃＝人的肋骨(從屬性、滯後性)

男人＞女人[11]

10　參見《牛津研究版‧新英語聖經》(*The Oxford Study Bible*, New York: Oxford University Press, 1976)，第3頁。

11　符號"＞"當讀作先於、主宰、涵括、支配等等。它表明按照特定的價值判斷，符號前後二項是分處於不同的價值軸線上的。兩者間的對比是一種不平等的價值對比關係。

男人＞女人便極為合理地具有了邏輯的現實性。這一合理的邏輯現實性借助於神創的神聖性證明並規定着男人優於、支配、壓迫女人的自然依據(生物學意義)的必然性。讓我們聽聽偉大的智者阿奎那(Thomas Aquinas)吧——

> 女人是用男人的肋骨製作的……它說明女人不應該統治男人，她不是用男人的腦袋製作的。[12]

如果説西方文化傳統性歧視的不平等取向，肇端於它古老的猶太教父權意味頗濃的自然性質的源頭，那麼其後的基督教神學則最終通過對於人類獲取知識的一種二元論闡釋，把這一自然意義(生物學意義)上的規定強制性地普遍化為一種文化意義(社會學意義)上的價值規範，而正是憑藉了這後一種價值規範，西方文化傳統的性歧視的父權性得到了最有力的支持。

智慧二元論的性別歧視

美好的伊甸樂園之中，作為人類始祖之一的

---

12 阿奎那《神學大全》(*Summa Totius Theologiae*)，第1卷，第92問。當然阿奎那還是頗費了一番苦心的。他並未明言式地宣稱女人應當成為男人的奴僕。因為他認為女人亦並非是用男人的腳製作的。

女性夏娃受蛇的誘惑，首先吞食了為耶和華上帝明令禁食的分辨善惡的智慧之樹的果實。本來，若是單單從基督教神學的框架中來審視這一行為，是再簡單不過的，因為無論是誰的過失（女性的夏娃或是男性的亞當），由吞食禁果而帶來的人類悲劇性「原罪」的宗教學和哲學人類學的內涵，乃是人類的始祖對於神/人原初神學規定性的破壞。[13] 圍繞着「原罪」的兩極，分別是造物之神與神之造物，亦即作為整體的人類與神的對抗。德國當代著名哲學人類學家蘭德曼（M. Landmann）在他1955年出版的力作《哲學人類學》（*Philosophische Anthropologie*）一書中正確地指出：「上帝為其自身保留了有關善與惡的知識，對善與惡的認識是神的所有權……亞當和夏娃受蛇的引誘，偷吃了知識之果，他們用這種方法獲取了上帝不打算賦予他們的神性。人違背上帝的意圖從上帝那裏取得了這種神性……」[14]

然而女權主義的批判性解讀，卻在這種一級

---

13 這裏所謂「簡單不過」並非指圍繞人類獲取知識所引來的「原罪」內涵的簡單。這裏筆者意指位於「原罪」兩極的神/人對立性質的明確性。對於「原罪」與人類最初獲取知識性質的精細的哲學和宗教學的闡釋分析，可參見《惡的象徵》（Paul Ricoeur, *The Symbolism of Evil*），尤其是此書第二部分。

14 蘭德曼：《哲學人類學》（閻嘉譯，貴陽：貴州人民出版社，1988年），第73–79頁。

性的對立關係背後發現了一個二級性的，卻更加意味深長的對立關係。

這一二級性關係涉及圍繞「原罪」的人類知識的發生學問題。依經典文本，女性夏娃是先於男性亞當企及智慧的。從一種批判性的女權主義視角來看，這裏企及智慧之果的孰先孰後便不再是不帶有本質性意義的了。[15] 依照上引文本的神學邏輯，神性＞人性是毋庸置疑的。而上帝之所以令人類的始祖禁食智慧之果的目的，並不在像他宣稱的那樣，使死亡離開他們從而一展其恩澤造物的仁慈；[16] 相反，耶和華上帝真正的用心倒是不幸被蛇言中了：「神知道，你們吃的日子眼睛就明亮了，你們便如神能知道善惡。」[17]「如神能知道善惡」便是企及了原初僅能為上帝獨享的神聖的東西，便是由一種人性的層面躍升至一

---

15 從男權主義角度出發認為，夏娃之所以先於亞當接受蛇的誘惑，乃是其作為女性而具有的種種性格乃至生理上的弱點使然。這觀點是經不起辯駁的。一個極類似的駁難的例子可以參見前引的《發現現實》一書中，斯佩爾曼(Spelman)的「亞里士多德與靈魂的政治化」(Aristotle and the Politicalization of the Soul) 一文。

16 「吞食果實並未帶來即刻的死亡。亞當和夏娃在此之後還是活了下來。3:16–19中的神讖所提及的死亡僅僅是把它定為多舛人生的終極。」見《新耶路撒冷聖經》，第19頁，第2章注釋K條。

17 《新舊約全書》，第3章。

種神性的層面。這裏需要指出的是，如果只能進行一種一元論價值判定的話，那麼吞食智慧之果本身並不等於企及了惡。因為無論這一行為的動機如何，人類始祖所品嚐的畢竟是從伊甸樂園中上帝所擁有的唯一一棵智慧之樹上結出來的果實。恐怕很難有這樣的巧合：這唯一一棵樹上偏偏會結出幾枚令人生畏的「惡」果來，而偏偏又是人類的始祖把它們一個個吞了去。

上帝畢竟是上帝。圍繞着智慧之果這一本來僅具善的屬性的一元價值判定，通過兩個層面上引入二元論價值判定，借此將女性的夏娃推向了首惡之源，最終達到了在文化—社會學層面上再一次確立了男性優越性的性歧視的目的。對於人類企及智慧的二元論解釋是這一層面所達目的的有力幫兇。因為如果「智慧之果」本身只做以善為取向的一元論解釋，那麼這唯一屬性的果實其性質是不會發生變化的。品嚐果實甚至就等於獲得了神性，那麼依上述神學邏輯神性＞人性，可得：

率先獲得神性＞仍然停留於人性層面

夏娃首先獲得＞亞當晚於夏娃獲得

女人＞男人

「智慧之果」的「果實」在希伯來文中義近

於現代英文中的fruit一詞。該詞是一個普通的統稱詞，並不含有特定的價值屬性。然而早期的基督教聖書將這一本屬泛稱的抽象之詞具象化為盡人皆知的apple（蘋果），則是頗具匠心的。有學者指出，以形象普通且鮮明的apple來具象fruit，是受古希臘神話中「金蘋果」（Golden Apple）的啟示。[18] 但這樣的解釋也許更具批判性的力量，在中世紀：

> 指稱引誘者給予夏娃，並經夏娃給予亞當的「蘋果」一詞的拉丁文malum，是與表示萬惡之根的mal聯繫在一起的。由於這種詞根上的關聯，給人類帶來厄運的malfeasance(胡作非為)以及所有的maladies(疾病)，便被視為是出自那一導致太初樂園中人之墮落的蘋果了。[19]

由此可見，在基督教神學框架中，「智慧之果」本身乾脆帶上了模稜兩可的惡的屬性了。

---

18 見《霍爾藝術中主題與象徵辭典》（*Hall's Dictionary of Subjects and Symbols in Art*, London: John Murray, 1984）。

19 希普利的《英文詞之起源》（Joseph T. Shipley, *Dictionary of Word Origins*, Baltimore: Johns Hopkins University Press, 1984），"Abel"條。亦可參見庫珀的《傳統象徵圖錄》（J. C. Cooper, *An Illustrated Encyclopaedia of Traditional Symbols*, New York: Thames & Hudson, 1979），"Abel"條。

把女性推向惡的源頭

這樣，圍繞人類的知識發生也就出現了兩個層次的二元價值判斷。其一是外在的，其二是內在的。

所謂外在的乃是指上帝通過設立了對立面即引誘者蛇，從而從外部將知識獲得的屬性二元化了：人類的知識，即使是神性的知識，卻由於是與神聖的善相對立的惡所誘發的，從而這一知識的發生也就註定成了以顛覆上帝最初所設定的神/人關係為特質的違背神命的「罪行」了。

所謂內在的乃是指到了基督教神學手中，「智慧之果」本身也帶上了不確定的惡的屬性。儘管「智慧之果」與惡之間的相互聯想原本來自語言的詞根，但這種對應關係(有其隨意性)一經形成，它便很快幻化為一種文化的無意識了。甚至於今日「蘋果」的意象在公眾的意識裏，乾脆等同於肉慾、誘惑等等僅僅含有負面意義的東西了。[20] 這樣也就不難理解，人類的始祖吞食的「果實」本身，也會具有惡的屬性亦是自然的。反正全知全能的耶和華上帝是永遠擁有善的。試想，如果是耶和華上帝而非蛇命令人類品嘗「智

20　只要注意某些暢銷書的封面設計就夠了。

慧之果」，那麼人類的「原罪」的悲劇性命運又會是怎樣一番光景呢？

就是這樣兩個層次的二元論價值判定，使得獲取神性(善的屬性)的人類行為毫無隙縫可鑽地完全歸屬於惡的價值域了。

在維護神(性)/人(性)這一一級關係的同時，全能的上帝並沒有忘記他自己的造物。當男人/女人這一二級關係凸現於以惡為唯一價值取向的人的知識發生的領域的時候，上帝慈悲大發地優先寵幸了可憐的夏娃。他把女性的夏娃果斷且意義深遠地推至惡的源頭，毫無疑問，這一舉動與其最初的神創意圖恰相吻合。當他所面對的不再是神/人關係，而是男人/女人這一二級性關係的時候，同情那「以他的形象」造就的男性亞當，不也是再自然不過的事了嗎？[21] 肋骨畢竟是連造物主的上帝也懶得看上一眼的東西，肋骨就是肋骨。

而亞當的子孫依舊沐浴在伊甸樂園上帝仁慈的靈光中。

Hallelujah！

Hallelujah！

---

21 上帝如下的懲罰順序是頗耐人尋味的：蛇→女人→男人。

風景收束於此

書房就是我的王國
——重構理想書房的一次嘗試

　　對大部分中國愛書人而言，「書房」二字所能喚起的想像多半會牽出一個叫李謐的人來。有「貞靜處士」之謐的北魏人李謐向來被歸入「逸士」「高人」之林。這事實雖未必人人耳熟能詳，他著名的兩句話卻一直為身後的愛書人津津樂道：「丈夫擁書萬卷，何假南面百城。」於是，「坐擁百城」成了有着絕塵絕俗之心的愛書人笑傲喧囂人世的靈魂宣言。

　　不過，確也有明眼人早已洞見了個中的蒼白乏力。梁實秋就不給愛書人面子，竟大煞風景地將其點破：「這種話好像很瀟灑而狂傲，其實是心尚未安，無可奈何的解嘲語，徒見其不丈夫。」可見，即使是眾望所歸的逸士、高人也還有不斷修煉的餘地。我倒是覺得絮絮叨叨的法國人蒙田談自己心愛書房的話說得樸實有力，不帶一絲酸葡萄般的腐儒氣：「書房就是我的王國。我竭力對它實行絕對的統治。」後來史家吉本（Edward Gibbon）竟也用十分接近的詩的想像回應了蒙田：「千百個侍臣圍繞在我身旁/我遁世的地

方就是我的宮殿/而我正是這宮殿之王。」

　　蒙田和吉本激勵了我。我禁不住誘惑，也要嘗試着拿出王者的氣魄和膽略重構我的王國——一個愛書人的理想書房。我所謂的「理想書房」其實更貼近英文的 my dream study/library。表示「理想」的一個「夢」字既可指「故園枝葉記君家」(王船山)的追憶，也可以指「我欲從君棲，山崖與海濱」(顧亭林)的嚮往。這樣，我心目中的「理想書房」也就既存在過，同時又尚未誕生。追憶與嚮往交織在一起難分難解，權當做一場勾人的春夢。

書房的名目

　　書房是愛書人畢其生收藏於斯、覽讀於斯、為文於斯、夢想於斯的地方。那麼，「理想書房」該不該有與之相匹配的名目？

　　生性務實的英美人似乎不大在意如何稱呼自己的「書房」。因此，英文中說到「書房」，名目也就顯得貧乏，不外乎「某某某的」book-room, library 或 study，乾巴巴幾個實質性的詞，同古今中國愛書人對於名目的在意以至着迷相比，其間差距正不可以道里計。一旦遭遇我們的「齋」「軒」「廬」「庵」「居」「閣」「堂」

「屋」「館」「室」「房」「舍」「園」「樓」等，更如貧兒撞見王子，難得有抬起頭的時候。這還不提或如詩或如畫，或飄逸着溫馨書香或散發出清冽書氣，或令人心醉或引人遐思的修飾語的汪洋，像什麼「古柏齋」「冷紅軒」「字隱廬」「瓜蒂庵」「芥茉居」「唐音閣」「緣緣堂」「平屋」「脈望館」「紙帳銅瓶室」「少室山房」「雅舍」「隨園」「天問樓」，一展想像力無邊的瑰麗，不免教人想起「青藤書屋」主人徐文長的詩句：「須知書戶孕江山。」小小書房卻能包孕下浩大的江山。難怪我們的文人對待自己精神家園名目的態度不僅絲毫不含糊，簡直有些神聖得令人敬畏。

書房的環境

明人計成的《園冶》一書有「書房山」一節，中云：「凡掇小山，或依嘉樹卉木，聚散而理。或懸岩峻壁，各有別致。書房中最宜者，更以山石為池，俯於窗下，似得濠濮間想。」

從外部着眼，理想書房當然得有理想環境。所謂理想環境，應體現為書房的物理處所與書房主人的心靈訴求之間彼此近乎完美的呼應。

蒙田建在山丘上的塔樓第三層是他的書房，

透過正面的窗子正好俯視前面的花園。這一環境毫不含糊地批註了西塞羅的幸福觀：擁有一個花園中的書房（a library in a garden）。明人張嶽的「小山讀書室」位於面向平蕪、背負列嶂的「小山」之上，於是，「仰觀於山，則雲蘿發興；俯狎於野，則魚鳥會心」。這一環境享盡了夢境與現實的交錯。清人麟慶養痾於半畝園海棠吟社之南的「退思齋」，「自夏徂秋，每坐此讀名山志，以當臥遊；讀《山海經》以資博覽。八月夜，篝燈展卷，忽聞有聲自西南來，心為之動。起視中庭，涼月初弦，玉繩低耿，回顧童子，垂頭而睡，與歐陽子賦境宛合。佇立移時，夜色漸重，仍閉戶挑燈再讀。」這一環境令古與今消弭了時空的阻隔，塵世的心靈得以恣意邀遊於仙境。

位於北京西城一條平常小巷中的八道灣十一號，是周作人長期居住的地方。令多少讀書人心嚮往之的知堂書房「苦雨齋」就坐落在這裏。「苦雨齋」其實貌不驚人，不過是典型而普通的中國舊式民居，據說是因院內排水不暢，每遇雨院內輒積水難去，故此得名。這樣的環境已經用不着非得推開書房的門去讀懂它的主人了。沒有令人豔羨的浪漫，歷史的記憶裏只彌漫着苦澀的無奈和倔強的苦中尋樂的文人況味。

書房的陳設

若說書房之外的環境折射着愛書人同外部世界的某種精神上的契合，那麼書房之內的陳設佈局則如一幅寫意，着墨不多，卻筆筆鮮活地勾勒出書房主人的品格與品味。

當然，書房的主人不妨粗略劃分成兩類，即「權勢者」和「讀書人」。權勢者無論意在裝點自家門面抑或真正出於自己耽讀的樂趣，書房的設立和內中的陳設少有漫不經心的，往往借了佈置的奢華無處不透着「權勢」二字，古今中外向無例外。光緒初年出使西洋的黎庶昌是個不折不扣的文人，於是公務考察繁忙之際，還念念不忘在那部著名的《西洋雜誌》裏，為他夜睹德國王后凱薩琳的書房記下一筆：「是夜，余入至開色鄰看書之室。四壁皆飾以紅緞，懸大小照像十餘。書案有屏圍之，如籬落形，剪采為花葉綴於其上。筆硯之屬，率皆鏤金琢玉。室內有一玉碗，徑可一尺八寸。又有白石柱燈二，高可六尺，燃燭其中，若玉蓮花也。」

此類書房即是夢中怕也難及，因為再狂野的想像終歸脫不了日常的生活體驗。還是回到屬於「讀書人」的書房。

蒙田的書房設計成圓形，只有一點平直的地

方，剛好安放他的書桌和椅子。所有的書分五層排列在四周，圍了一圈，弧形的牆壁好似躬着腰把它們全部呈獻在他面前。這樣的陳設完全符合王國絕對統治者的氣勢。

文人多以瀟灑脫俗自命。書房的理想陳設要能不露聲色地體現這一點才好。清人李漁説得最透：「書房之壁，最宜瀟灑。欲其瀟灑，切忌油漆。油漆二物，俗物也。」最佳者四白落地，簡而潔；以棉紙糊壁雖等而下之，也還會使屋柱窗櫺共為一色。和諧乃是關鍵。陳設多寡雖因人而異，但終以不繁為境界。明人桑悦的「獨坐軒」大如斗，只能容下一臺一椅，臺上僅可置經史數卷。然獨坐此書齋中，「塵坌不入，胸次日拓」。

清人鄭日奎在中堂左側辟出一室為書齋，名之曰「醉書齋」：「明齋素壁，泊如也。設几二，一陳筆墨，一置香爐茗碗之屬。竹床一，坐以之；木榻一，臥以之。書架書簡各四，古今籍在焉。琴磬塵尾諸什物，亦雜置左右。」在這樣的書房裏，主人自可以忘情地宣洩自我，「或歌或歎，或笑或泣，或怒或罵，或悶欲絕，或大叫稱快，或咄咄詫異，或臥或思，起而狂坐。」清人張縉彥的「依水園」更是羨煞愛書人：「水中有畫舫，具茶鐺酒壚，載《漢書》《唐律》數

卷，春雪初融，臥聽撒網聲颯颯然。」這豈是《遵生八箋》中脂粉氣的書房佈置可以相提並論的。

周作人素喜雅潔，讀書、作文、寫字井井有條，一絲不苟。溫源寧幾筆便將他寫活了：「他的書齋是他工作和會見賓客的地方，他整潔的書齋可以說一如其人。一切都適得其位，所有的地方一塵不染。牆壁和地板有一種日本式的雅致。桌椅和擺設都沒有一件多餘，卻有一種獨一無二的韻味。這裏一個靠墊，那裏一個靠墊，就平添了一份舒適的氣氛。」說的是「苦雨齋」也說的是「苦雨翁」。

西方文人中，靠近這一情調的，除卡萊爾（T. Carlyle）潔淨整齊的書房外，非蓋斯凱爾（E. Gaskell）夫人筆下夏洛特・勃朗蒂的書房莫屬：房內的主色調是深紅色，正好以暖色來對抗屋外冷森森的景致。牆上只有兩幅畫，其中一幅是勞倫斯畫薩克雷的蝕刻。高而窄的舊式壁爐架兩側凹進去的地方擺滿了書籍。這些書籍沒一本是時下流行的所謂標準著作。每一本書都反映着書房主人個性化的追求和品味。進入這樣的書房，除了牆面的顏色，即使是挑剔已極的李漁怕也要領首稱許：「壁間留隙地，可以代櫥。此仿伏生藏書於壁之義，大有古風。」

當然盡信書房內的陳設有時也會落入判斷的

陷阱。錢鍾書的書房據説藏書不多，可數的幾櫥
與學富五車的他完全畫不上等號。英國著名自然
作家赫德森（W. H. Hudson）筆下大自然光與影的
生命是那樣流光溢彩，可走進他的書房是人都不
免感到失落和惆悵：起居室兼書房面積雖大卻十
分晦暗。房內擺的傢俱全是人家公寓裏丟棄不要
的。除了安放他心愛書籍的一個玻璃櫥外，滿室
見不到任何鮮亮的光與色，與美沾不上一點邊
兒。他不是因貧困裝飾不起他的書房，實在是外
面美麗的大自然全部佔有了他。他真正的書房是
在有光有色的大自然中。就像詩人華茲華斯的傭
人有一次對慕名參觀他主人書房的訪客説：「這
是主人放書的地方，他在田野中研讀。」

書房的趣味

藏書家葉靈鳳寫過一篇「書齋趣味」，述説
他在枯寂的人生旅途中尋找精神安慰的體驗：
「對於人間不能盡然忘懷的我，每當到無可奈何
的時候，我便將自己深鎖在這間冷靜的書齋中，
這間用自己的心血所築成的避難所，隨意抽下幾
冊書攤在眼前，以遣排那些不能遣排的情緒……
因為攤開了每一冊書，我不僅能忘去了我自己，
而且更能獲得了我自己。」

書房是愛書人身與心最後的庇護所。在這裏，愛書人沉睡的靈魂，深刻的個性，人的種種特徵被一架架書籍所喚醒、所提升。沒有書架的書房難以想像。沒有書的書架更加難以想像。其實，書房真正的趣味歸根結底，全凝縮在那些安放着各色各樣典籍的神秘書架。書架是愛書人全部慾望與滿足的隱秘棲息地。書架才是書房的靈魂。難怪書房不可輕易示人。「苦雨齋」主人深得個中奧秘：「因為這是危險的事，怕被看去了自己的心思。……一個人做文章，說好聽話，都並不難，只一看他所讀的書，至少便掂出一點斤兩來了。」恰恰是基於這一緣由，重構理想書房的要緊處，便在於重構書架上攝人心魄的一道道書的風景。

　　《書架的故事》(*The Book on the Bookshelf*)的著者，美國杜克大學土木工程學及歷史教授亨利・佩特羅斯基(Henry Petroski)一天晚上兀自坐在書房裏讀書。猛然間，他抬起頭來以一種從未有過的眼光審視着眼前的書架。結果，他驚異地發現，那些個實用的、製作簡單的書架背後，竟隱藏着一個個「奇特、神秘、引人入勝的故事」。他第一次果敢地把遭人歧視以至蔑視的普普通通的書架，從殘酷的歷史遺忘之中解救出來。這是以愛書人的良知和科學家的敏銳共同完成的一次

充滿文化趣味的發現：像書一樣，書架也正成為我們文明的組成部分。書架對安置其中的書籍而言，不僅是彩色布幕，也是舞臺。既然如此，理想書房裏一個個舞臺上展露的風景越是獨特，由這些風景構成的書房的趣味才越顯淳厚。

歷史小說家司各特（Walter Scott）的書架上除去大量的詩集，就是魔法師和煉金術士的著作，剩下的全是軼聞趣事集。詩人格雷（Thomas Gray）的書架上擺放着他精心收藏的作品，收集之全令人難以置信：從小時候上學用過的課本，到最早的文學和繪畫的習作，再到他後來引以為豪的研究之作。散文大家赫茲里特（W. Hazlitt）對莎士比亞和盧梭爛熟於胸，但他的書架上除了亨特（Leigh Hunt）的書外，別的什麼都沒有。約翰·班揚（John Bunyan）的書架上只有一部《聖經》，其餘全是他自己寫的待出售的作品。湯瑪斯·莫爾（Thomas More）藏書頗豐，但架上全被古希臘、拉丁作家佔據了。伊拉斯謨（Erasmus）多少有些嫉妒地說：除非去意大利為的是旅行的樂趣，否則莫爾完全可以足不出戶。

譯出《魯拜集》的菲茨傑拉德（E. Fitzgerald）更令人不可思議，他只把帶給他真正愉悅和樂趣的作家作品中那些讓他刻骨銘心的書頁撕扯下來，然後重新裝訂成冊，再次命名後才將它

們放回到他孤傲的書架之上。他所傾心的卡萊爾的《過去與現在》(*Past and Present*)一經拆裝後，新書封面上的書名成了：《卡萊爾的僧侶》(*Carlyle's Monk*)。獨特到令人難忘的地步。

還是再一次回到八道灣的「苦雨齋」。我想像中走進「几淨窗明」「清靜幽閒」的一明兩暗共三間藏書室正中明亮的那間屋子。除了一扇門，書房四周環列着一人多高的帶有玻璃門的書櫃。櫃中的書擺放齊整，分類清晰。有中文，有日文，有英文，有希臘文。裝幀講究，種類繁多，有線裝，有洋裝。從野史筆記到鄉邦文獻，從動物生活到兩性關係，從原始文明到巫術宗教，從希臘神話到日本文學，從醫學史到道德變遷……靄理士26冊著作仍然放射着犀利的思想光芒。英國勝家(Charles Singer)與日本富士川游的醫學史仍然耐心等待着主人的光顧。由《金枝》的作者、大名鼎鼎的弗雷澤翻譯的阿波羅多洛斯(Apollodorus)的《書庫》(*Bibliotheke*)以其上乘的譯筆、詳賅的批註，連同那部絕版難覓的湯普生的《希臘鳥類名匯》，仍然帶着主人常常翻讀時留下的體溫……我不由地想，這些書櫥裏的書應當是我理想書房理想收藏的基礎，然後應當添加上錢鍾書「容安館」那僅存在於他厚厚幾大冊札記中引用的西籍，還應當添加上從照片中見到

的、季羨林書房裏極搶眼的那部硬紙套裝一百函的日本印《大正新修大藏經》，還應當⋯⋯

理想書房還應當是愛書人甘願埋葬自己靈魂的地方。如愛默生所說的那樣，理想書房本應當這樣構成：「從所有文明國度裏精挑細選出那些最具智慧、最富機趣的人來陪伴你，然後再以最佳的秩序將這些選擇好的伴侶一一排列起來。」

對於愛書人而言，理想書房還應當是理想生活的同義語吧。

曼哈頓書店一景

對於愛書之人，書店是上帝賜與的一片福
地。

對於愛書之人，書店是四季都有花開、都有
果結的園子。

對於愛書之人，書店是一場宴席，飄逸着誘
人的芳香。

有事沒事喜歡上那兒逛逛。那裏流連久了，
便覺得書店自有書店的風景。這風景在經意與不
經意之中卻也會令你浮想不斷，像是在讀一本頗
耐琢磨的書。説説書店布書這個現象吧。

我很喜歡曼哈頓116街附近哥倫比亞大學校
門旁的自家書店。店大而敞亮。除流覽那幾架哥
大自版書籍專架，我大半時候要站在擺滿了著名
的「勒布古典叢書」(Loeb Classical Library)的架
子前。輕輕翻開赫西俄德、荷馬、柏拉圖、亞里
士多德、西塞羅、普里尼、希羅多德、普魯塔
克……總覺得一雙雙深澈的眼睛在古老的文字背
後投射着威嚴的目光。這無聲的凝視使我感到痛

楚，我彷彿清晰地看到，在人類知識與智慧的瀚海邊，我不過是一粒細柔的沙子。當然，有時，一面面鮮紅色或翠綠色的紙套封一下子會化作堅硬的碑石，不朽地屹立在架上，屹立在眼前，心裏又覺得幸福，這幸福分明在於盡情領略着生命永恆的奇偉。

一天，不知什麼驅動，閒步到「虛構作品」欄前。在狄更斯眾多著作的下方，一本黑封面粉紅色書題的小冊子吸引住了我。是福柯的什麼。心正詫異這位Foucault先生何時像他的同鄉薩特那樣，寫出過什麼可以毫無爭議被冠之為「虛構作品」的小說之類，急翻目錄，細讀文字，方知這原來是和傳統的虛構觀念風馬牛不相及的東西——《福柯訪談錄》（*Interviews with Foucault*），不折不扣的實錄文字。剛要抱怨布書人粗枝大葉，卻恍然之際似乎悟出了什麼。或許，也僅僅是或許，若是福柯先生本人屈尊在這店裏工作，讓他自己在眾多類別的架子上為他自己的文字確定一席立足之地，他未嘗不會開這個玩笑吧。

這位一生都在致力於人為制度的權力解構的大師，難道不會在書店傳統布書分類「虛構」與「寫實」的森嚴二分法裏，實踐一下他為之追求的目標嗎？讓一直享有「真理」特權的「寫實」的沉重，體驗體驗只有「消遣、愉悅」身份的

「虛構」的輕鬆，對於我們這個已經過於持重了的世界，未嘗不是一劑良藥。

想到這有趣的布書現象免不了扯遠一點。

許多年前一個暑期，我有機會到了內蒙古草原。一天，在一個相當僻遠，四周幾乎息了人煙的小鎮，我走進一個簡陋的、土坯蓋就的方便小店。下午的陽光透過粗粗的窗紙照在僅有的幾格櫥架上。我的目光無意卻終於驚訝地落在一處佈滿灰塵的書冊上。在七八本唯一稱得上是書冊的書堆裏(全是圍棋、象棋譜，橋牌叫局之類)，錢鍾書先生的《圍城》竟也懶洋洋躺在那兒。那個學期，從「中國現代文學史」課上剛剛聽到過它，多少次試圖從北大圖書館借來一讀，總是望架興歎。畢竟書少人多。在北京要想購得一冊亦非易事。與它在此不期而遇，自然喜不自禁，忙揮去灰藍色紙面上的積塵，是人民文學版。也許正是因了「圍棋」，我才幸運地得到了《圍城》。「圍棋」與《圍城》之間相距何其遠。不，又何其近。對着人生這場紛繁大遊戲，它們不都是同樣性質的圖譜和解法嗎？

我至今不敢貿然斷定店家老太太之所以進了一本《圍城》是一種文化上的誤解。但當老太太把它遞給我的時候，不是明明詢問我，希望向我推銷她的棋譜、牌局之類嗎？所謂文化的「真

實」實在是莫大的神秘。有時候，只有「誤讀」才會引你達到某個更加令人驚訝的「正解」上去。說不定，我們置身的這個古老世界，有時非得像意大利小說家卡爾維諾(Calvino)筆下那位倒懸於樹上的武士一般，雙目圓睜，屏息凝視而後宣告：這樣看看，一切才看得分分明明。

美國博物學家約翰‧柏洛茲有句話說得好：在一片靜止單調的風景裏，流動的小溪就是生命。

棲身在如此現實性生存的風景裏，幸虧還有書店這樣流動的小溪。

在那書的叢林裏

老實説，對於紐約，談不上有什麼特別的好感。當然，第一次看百老匯歌舞音樂劇後，大有三月不知肉味的體驗。當然，第一次在擁擠的唐人街看到、親嚐到那麼多在故土也難得一見的美食。當然，平生第一次在炫目的霓虹燈、招牌、川流不息的各色人流中，讀到那麼多新奇和誘惑。然而，紐約於我還更像是一幅巨大的油畫，我常常提醒自己，應當和它保持某種距離，這樣才能把它看得更冷靜、更真切些。

不過，我倒十二分情願湊近它的某個部分，任好奇的眼睛看它個夠。我是説，我會時常帶了崇敬，深深地走進我老友們安身的地方——一幢幢高高低低的大廈間，那由各式書店構築成的書的叢林。

燃燒求知之火的NYU書店

照例地鐵在西4街停下。沿華盛頓廣場走不多遠，來到NYU(紐約大學)書店。我已經相當熟悉

那自上懸掛下來的NYU標誌：白色火炬熊熊燃燒在深藍色夜空上。這燃燒的火炬在身前身後的樓宇上飄蕩着，即使是八月豔陽下，也還是燒得那樣孜孜不倦。在這人類試圖洞照宇宙大奧秘的激情之火——或說乾脆是求知者灼燒的信念之火的導引下，我走近18號標牌。最後一次打量打量那扇金黃色上書黑色Book Center（書籍中心）字樣的旋轉門，眨眼間，便被旋轉進遠離酷熱和喧鬧的市街的另一片天地。

書架似乎沒有什麼變化。穿過掛着印有NYU標誌的T恤的一排排架子，最先走到「哲學」欄前，發現法國當代女權／女性論大家西蘇（H. Cixous）的新著《解讀——布朗肖、喬伊斯、卡夫卡、克萊斯特、利斯貝克特和茨維塔耶娃的詩學》(*Readings: The Poetics of Blanchot, Joyce, Kafka, Kleist, Lispector, and Tsvetayeva*)一書，泰然自若地佔據着一個位置。心中暗暗欽佩布書人的勇氣。在其他書店，西蘇的著作多被歸入「婦女研究」欄下，而在這兒，一部談論相當具體的女權主義文學著作，終於得以同長鬍子的柏拉圖與海德格爾端坐在一起。布書人的胸襟是寬闊的，他或她用行動而不是言語，讓一種聲音匯入到曾經是想像也難以企及的另一種孤傲的聲音中。我沉浸在這寬容、美妙的和聲中許久許久……

充滿神聖氣味的東西方書店

想到一家頗具特色的書店。店名叫作East & West Bookstore（東西方書店），附屬於專教授瑜伽與坐禪的喜馬拉雅學院。不難推想，培訓、療治人類精神是它的主旨，銷售的自然會是精神的諸種良藥，而非精神的鴉片。

推開那扇位於西14街與第五大道會合處的店門，一陣清香裊裊襲來，神秘舒緩的音樂迴旋左右，這一切都在暗示着「聖潔」二字。這裏有大量修身養性的書籍，而且書籍的分類也多與眾不同。坎貝爾的神話學著作同埃里亞德（M. Eliade）的宗教史著作，被安排在「比較研究」欄下。普林斯頓大學出版社的「神話」書系我在這裏見到的是最全的。在「古代」標題下，有關古埃及、非洲、美洲印第安人的神話、民俗、考古方面的書籍彙聚一處。我走到「中國哲學」架前，隨手拿起幾本，多是《早期中國神秘主義》《風水》《八仙傳說》《中國煉丹術》《中國房中術》《易經》甚至《西遊記》之類，馮友蘭先生的《中國哲學史》自然是壓架之作。

略過「禪」「佛教」「基督教」「猶太教」「玄學」「科學與武術」諸欄，在「西方神秘主義」一架前止住。著作家墨頓（T. Merton）的基督

教著述，葛吉夫(G. Gurdjieff)和塢斯賓斯基(P. D. Ouspensky)的著作，同布倫頓(P. Brunton)的著作同處一方。我第一次見到齊全的16卷本布倫頓《札記》(*The Notebooks of Paul Brunton*)，是紐約Burdett出版的。我嗜好思想家火花式的札記。在我，讀札記何異於自由馳騁在開滿各色鮮花的原野上。原野以它的紛雜和隨意，給我不受任何力量鉗制的饑渴以最大程度的滿足。我多麼盼望不久的將來，會再有機會從從容容地馳騁在這16卷書頁鋪展出的廣袤原野上，盡情地觀賞，愜意地採擷！

一抬頭，看到對面牆上掛着一紅一白兩件T恤。紅衫上書「Recycle/回收」的英中文字；白衫上書「Peace/泰」的英中文字。好一個切題的裝飾。

打着革命旗幟的革命書店

與這裏寧靜、安詳的氛圍恰成鮮明映照的，是另一家頗具特色的書店。單是一個店名，你就不會輕易放過它。它位於16街與第五大道相會處的13號。遠遠地，但見一面略微褪了色的黃色旗幟從店門上方向外斜伸出來。旗上鮮紅的 Revolution 大字，指示你到了「革命書店」。

這家於1987年首先在洛杉磯揚起「革命」大旗的書店，是全美「革命書籍」網中的一員，以銷售西語和西英雙語的美共出版物，以及世界各國共產黨機關出版物為宗旨，儘管它同美共沒有形式上或法律上的聯繫。雖然從創店伊始，「革命書店」屢遭「右翼」勢力，甚至警察一波又一波的恫嚇與襲擊，時至今日，書店還能夠在北美這片土地上戰旗不倒，實在是對美國民主所宣揚的言論與思想自由這一神聖理念的艱巨考驗。

一進門，耳際被節奏感頗強的拉美音樂激蕩着，熱血就朝上沸騰。牆上掛着一幅印有「毛主席萬歲」字樣的毛澤東彩色肖像，店中央鋪了紅布的書桌前豎立着另一幅毛澤東黑白繡像。無疑，毛澤東他老人家的地位在這裏是沒有爭議的。圖書分類自然是以「革命」之火燃過的地理分佈設定的，如：拉美、非洲、中東、東歐、東南亞等。拿中國為例，則又有「中國革命」「中國偉大的無產階級文化大革命」和「今日中國」之分。在這裏，斯諾(E. Snow)的《西行漫記》、韓素音的《虎與蝶》、《革命中國的日常生活》、《清華大學的文化革命》、《毛澤東秘密講話》、《魯迅作品選》、周策縱的《五四運動史》，甚至《水滸傳》全都相聚一堂。只要是「革命」，管它是古是今，管它傳統、現代，甚

至革什麼命也成為次要了，其間種種質的差異便都消弭了，和平共處於「革命」的大旗下。「革命」是革命的唯一紐帶。

革命導師馬、恩、列、斯、毛的著作，從全集到選本應有盡有。隨手拿起一冊恩格斯的《反杜林論》，竟是北京外文出版社1976年的第一版。店中所售小說、詩歌也以「革命」主題為主。在「藝術理論」的欄目下，自然是馬克思主義取向的文化評論家的王國，像威廉斯（R. Williams）、詹明信（F. Jameson）、薩義德（E. Said）、伊格爾頓（T. Eagleton）等。「哲學」欄目裏則是批判西方資本主義文明傾向的著述：韋伯（M. Weber）、薩特、葛蘭西（A. Gramsci）、馬爾庫塞（H. Marcuse）、阿多諾（T. Adorno）、本雅明、喬姆斯基（N. Chomsky）、阿爾都塞（L. Althusser）、福柯等。迄今被普遍視為「婦女研究」範疇的東西，在這裏則佩戴上「婦女壓迫與婦女解放」的標籤。

店裏擺放着許多種革命性報刊和宣傳手冊。店裏不時變換的宣傳主題，即是店外「革命」實況的晴雨錶。而今，涉及生死存亡大義的墮胎運動風風火火，自然免不了印出這樣的傳單：「他們究竟懼怕什麼樣的女性？與美共瑪麗・格林伯格座談。星期四晚七點於本店。」格林伯格

(M. Greenberg)是美共紐約支部的發言人。她曾在1971年訪問過中國。二十世紀60年代以來她一直是婦女運動的積極參與者，眼下又成了婦女爭取墮胎權利鬥爭的勇敢鬥士。她的信條是：通過爭取婦女墮胎權利的鬥爭，借機凝聚鬥爭的力量和組織，以期狠狠打擊導致婦女受壓迫的這個制度的根基。要不是住家離這裏過遠，更主要的是由於革命意志薄弱，不然星期四那晚定會去書店聽聽的。

臨離開書店，當店主人得知我是從毛澤東的聖土來到這塊資產階級溫床上的時候，她不無惋惜地對我說：「可惜，你們中國人自己卻背叛了毛。」對於她的痛惜，我唯有報以沉默的微笑。何必去掃她的興，她畢竟是個別出心裁的生意人啊。

我掉轉身去，掃視一下牆上的宣傳T恤。我記下這樣一條頗有意思的語句：哥倫布不是發現了新世界，他侵略了新世界！

列寧穿着深黑色套裝站在對面牆上，右手攥着一份報紙，緊鎖的雙眉下目光匕首般犀利地刺向我。他的身後是一片血紅色。我有些手足無措。

店門終於將列寧的目光同我隔開。我有些口渴，肚裏也有些慌亂，好在店旁就是一家叫作

Steak Frites的餐館。裝潢典雅、華貴，儼然一副資產階級貴族派頭。裏面吊燈放射着燭光似暗光，潔淨的餐布，閃亮的餐具，在在引誘着我饑餓的胃腸和灼烤的喉嚨。猛然間，腦際浮現出毛澤東「革命不是請客吃飯」的諄諄教誨。掏錢的手縮了回來，暗道一聲：阿彌陀佛。險些把「革命書店」同牛排、可樂擺在一樣的位置，真是枉進了一遭革命的書店。作罷。作罷。

世界最大書店：Barnes & Noble

18街同第五大道交會的地方，是號稱「世界最大書店」的Barnes & Noble的本部。這家創立於1873年的老字號，在曼哈頓還有不少分店，以經營人文科學與自然科學新書為特色。書種最全，因而也是紐約最繁忙的書店。常常需要手捧新書在收款行列裏排上很久。

由於店的名氣大，資格老，生意好，店內的空間也大，空調也好，盛夏的炎熱被它十足的冷氣驅趕得一乾二淨。徜徉在它寬敞明亮的店裏，飽覽着一本本新書的風采，那種享受無疑是屬於身和心的。

要是對小說、詩歌、戲劇感興趣，這裏真是一個天堂。在偌大的紐約真找不到一個比它品種

更全的地方了。單提小說，十五六架，每架八九格的小說長陣一字排去，然是壯觀。前些時，我對意大利小說家卡爾維諾產生了極大興趣。正是在這兒，我找到了他幾乎全部英譯作品計15冊。在太太慫恿下，用剛剛到手的信用卡將它們一氣購下，心裏的得意實在難以言表。我從Barnes & Noble彩色的書林發現並步入卡爾維諾那幽深的神秘叢林，一下子被它神奇的魔力所吞沒，而那又是一種多麼幸福的感覺。

小說架對面「值得注意的新書」，對我來説是學術訊息及時可靠的嚮導。我注意到當代美國文化分析家、現執教於紐約大學的布朗斯基(M. Blonsky)的新著《美國神話揭秘》(*American Mythologies*)，是牛津出版社1992年的新版書，前有符號學大師艾柯(U. Eco)的序。這是一部從解構論角度出發，對一系列廣義美國神話進行代碼譯解的有趣巨著，大可同巴爾特(R. Barthes)法國文化解碼名著《神話學》(*Mythologies*)相爭色。看看精裝套封上的書價，剛剛動起的購買念頭被一瓢涼水澆得蹤影全無，只好等去圖書館了。布魯姆(H. Bloom)的《美國宗教》(*The American Religion*)和約翰遜(P. Johnson)的《現代的誕生》(*The Birth of the Modern*)遲遲撤不下架，可見其走紅的勢頭。學術著作的暢銷無疑是作者名利雙收

的保證。想當年，另一位布魯姆(A. Bloom)閉門數載，靠一卷《走向封閉的美國精神》一夜之間成為百萬富翁，令多少生活清貧的寫書人、讀書人豔羨，實在是驗證了書中自有黃金屋的古訓。

令人難以置信的是，書量不多的新書欄中竟有數部與中國有關的大部頭著作。像中國史學權威史景遷(J. Spence)400多頁的《中國歷史文化論集》(*Chinese Roundabout*)；《宋家王朝》的作者西格雷夫(S. Seagrave)寫慈禧太后的600餘頁的《龍女》(*Dragon Lady*)；寫長征的老手索爾茲伯里(H. E. Salisbury) 500餘頁的《新帝王——毛與鄧時代的中國》(*The New Emperors*)等。這幾位作者已不能算陌生。幾年前在國內的時候就讀過《宋家王朝》和《長征》的中譯。因而，金吉德(G. Kinkead)的《華埠——一個封閉社會的畫像》(*Chinatown*)便深深吸引了我。這是又一部試圖譯解文化之謎的嚴肅著作，是半個世紀以來第一次破解華裔社區沉默代碼的有益嘗試，它無疑成了我預讀書單上的又一部。

幾年來，神話研究一直是我難以割捨的嗜好。於是那大大兩架的「神話·史詩」欄和那個齊全的「民間故事」專架，便不知佔去了我多少時間。時古時今，一會兒面對着機智的阿拉伯人，一會兒面對着幽默的猶太人；剛剛送走莊嚴

的印度人，馬上又來迎接深沉的美洲印第安人。想像的翅膀劃過一片片色彩斑斕的土地，從時間的此岸向陌生的彼岸翻飛得很遠很遠……

流覽着「文學批評」欄。杜克大學出版的兩部新書留住我的視線。一部是杜克任教的王瑾教授的《石頭的故事》，詳盡分析《紅樓夢》《西遊記》《水滸傳》等中國古典作品中石頭主題的來龍去脈及其文化意蘊，想必是部相當有趣的著作。另一部是在加州大學任教的張隆溪先生的《道與邏各斯》(*The Tao and the Logos*)。這是一部廣義的比較詩學之作，凝結了他的勤奮和才華。書的份量相當沉重。看到書的封面上，作者的名字是張隆溪而非隆溪張的時候，一個固執的文化探索者的形象浮上心頭。

一般而言，大凡有影響且又能開得出書單的書，不會讓我沒有收穫。只是這次，腦子裏印好了法國當代著名語言學家本維尼斯特(E. Benveniste)的名著《普通語言學問題》(*Problems in General Linguistics*)，本想手到書來，卻頭一回嘗到了期待受挫的滋味。

看看時間不早，從「文學批評」欄中抱了後現代主義大師巴塔耶(G. Bataille)的七八種著作，三步並作兩步奔向銷售點。還有一位老友在等我呢。

窮書生的最愛：Strand

趕到12街同Broadway相會處的Strand書店，已是夕陽西下的時候，淺灰色呈棱形的磚樓上，塗抹着太陽的最後一線光輝。這是一家專營舊書和特價書的書店，自稱可以排起八英里長的書陣，選擇品種有上百萬。書店七天營業，除星期日外，每天營業時間長達12小時之久。

店外像往日一樣依舊排列着十來個帶輪書架。我很少惠顧它們。只記得有一次見到魯迅全集的中文版(不全)是以每冊0.5美元的價格在那兒出售，心中有些憤憤。

1928年從曾經馳名一時的紐約四大道的「書陣」(Book Row)發跡起來的Strand，比起現代氣派的Barnes & Noble來，未免顯得寒磣。老舊木櫃的表漆已經剝落得慘不忍睹，一座頗不時髦的掛鐘在變了色的牆上慢悠悠走着。若干台舊式電風扇沾滿灰塵，一個個呼呼拼了老命轉動着，可狡黠的熱流在這過時的招數面前竟絲毫沒有戰敗的意思。汗水便順着脖頸刷刷地開始向下流淌。但我偏偏喜歡它的老氣橫秋，喜歡它令人窒息的悶熱，甚至喜歡它骯髒的土塵和它的零亂。這是一塊掩埋着夢中赤金的沃土，我不知多少次體驗到揮去灰塵獲得至寶時不可言說的快感。

既是特價書店，所售之書便不一定是舊的。有許多時候，根本不敢相信所選定書的標價。1987年第一次來美就是在Strand以20美元購得嶄新的斯賓格勒（O. Spengler）《西方的沒落》（*The Decline of the West*）兩卷精裝本，包裝的塑膠外封竟還是完好無損。後來以每冊10美元陸續購齊了嶄新的列維–斯特勞斯（Lévi-Strauss）《神話學》（*Mythologiques*）四卷大32開精裝本，竟是上乘的英國印品，比起現在芝加哥大學的每冊15–19美元的平裝本，不知好上多少倍。年前，當著名的美國神話學者坎貝爾的平裝五巨冊《神話歷史圖集》剛擺在Barnes & Noble新書架上，以每冊25美元的標價出售時，我則幸運地在這裏以每冊7.95美元的價格購齊了。

　　新版20卷《牛津英語詞典》面世不久，售價雖已是2250美元，卻仍比他處便宜500美元，而第一版16卷則在每部700美元標價下一售而空。後來從搬家與實用角度考慮，還是花190多美元購了一部新版《牛津英語詞典》微縮版，而這個價錢要比市面上便宜100美元。

　　令我常常沾沾自喜的還有《新拉魯斯神話百科全書》，厚厚500頁嶄新精印大書只要15美元。全新的由多雷（G. Doré）插圖，賴特（E. Wright）英譯的法英對照大開本《拉封丹寓言》才不到七美

元，而它在英國的售價則要15英鎊。我又曾以100多美元購得《闡釋者聖經》（*The Interpreter's Bible*）十二卷大開精裝本。想當年，為了幾條資料，跑遍北大、北圖、人大、北外……無奈眾多藏書中獨獨缺少了這樣重要的一部。阿利埃斯（P. Ariés）等人編纂，由哈佛大學出版社新近翻譯出版的描繪西方日常生活及其內在歷史宏偉畫卷的煌煌五大卷精裝本巨著《私人生活史》（*A History of Private Life*），則是以每冊比市面價格40美元便宜20美元的優惠價在此購到手的。

自然應當提起十幾美元一冊購齊的布羅代爾（F. Braudel）的史學名著《菲力浦二世時代的地中海和地中海世界》（*The Mediterranean and the Mediterranean World in the Age of Philip II*）二卷精裝本，以及他的三大卷《十五至十八世紀的物質文明、經濟和資本主義》（*Civilization and Capitalism 15th–18th Century*）。還有幾美元購得的精裝本《波德萊爾書信選》《蘭波書信選》《普魯斯特書信選》等。在它令人眼花繚亂的畫冊寶庫中，我曾花23美元購了一部本需50美元才能購到的嶄新的《世界性藝術全編》，600餘頁的珍貴畫幅彙集了東西方古今繪畫中的性主題，是研究人類性活動史有益且難得的教科書。像那冊彩印的理

查．伯頓的名譯《香園》一樣，這無疑是我藏書中頗受重視的一部「奇書」。

當然，特價書店的書價不見得全是稱心如意，有時憑了運氣還會在別處獲得意想不到的東西。一次見Strand以500美元拋售實際要近千美元的大英百科全書版的54卷《西方世界名著大典》(*Great Books of the Western World*)叢書。剛一心動，卻鬼使神差壓下了慾火。某種呼喚招引着我走到不算遠可也不算近的18街的「學術書店」(以售人文絕版書、畫冊為主)。乖乖！一進門眼睜睜見着店員小伙子正將一套簇新的54卷《西方世界名著大典》一一擺上頭頂的架子。忙打聽書價，才350美元。比Strand便宜了150美元。真是無巧不成書。當下拍板，止住上架的辛苦店員，請他替我重新捆紮好。立即通知上班的太太，讓她一同分享這莫大的歡樂。老天有眼，店主竟送我一輛購物推車，省去了路途上不少麻煩。也正是從這裏的架頂上，我取下一整套現已難覓的弗雷澤大著《金枝》12卷本，且書封的燙金尚未褪盡光澤。

關店的鈴聲在響亮地催促了。我向那一架架舊的、新的、熟悉的、陌生的、平凡的、奇異的書冊、畫冊投以最後戀戀的一瞥，眼前蕩起一層潮乎乎的薄霧。

令人眩惑的書的世界

　　我越來越感覺到書店的神奇力量。它們遠非一個個靜態的、消極的消費對象。不，遠遠不是。它們以各異的外形、各自的風姿矗立於世界上。它們是一個個生命活着的肌體。它們無時無刻不用鉛黑色的眼睛盯視着我、搜尋着我；用飄香的或者蒼老的書頁的手掌勾引着我、召喚着我。根本說不清楚，是我走去發現了某本足以影響到我一生的書籍呢，還是它們以無形的神氣誘惑了我，把我束手無策帶到我自以為是自己發現的地方?! 在這眾多的眼神注視下，在這眾多的手掌招引下，我穿行在它們有時狹窄昏暗，有時寬敞亮堂的過道裏。不，那可不是普普通通的過道，那是它們無言搏動的血脈。我也就被挾持在它們血脈靜默而有力的湧流中。在我毫無察覺的時候，它們推助着我，把我帶到我想到或根本沒想到，甚至壓根兒不想到的地方⋯⋯我神奇的、色彩絢麗的、活生生的、可敬可愛又可怕的書的叢林。

我的書店

二十世紀90年代有一次為香港一家學術刊物寫稿介紹紐約的書店。當時，文章發表的時候想了個題目叫「在那書的叢林裏」。

將近十年之後再來寫書店，忽然想用這麼一個普通得有些令人費解的題目。「我的書店」千萬別就以為是我的書店。我連做夢都沒想過有一天自己真會擁有一家書店，雖然期待着哪怕做一次這樣的夢。其實，這些年東奔西走，國內國外進過的書店不下於進過的餐館吧，可對書店總的感悟也還大致脫不了那篇文章結尾處總括的那些意思。書店在我從來就是有血有肉的存在，像人。如果非要說說今天對書店的感悟到底還有沒有什麼新的，哪怕是些微的不同，我只能從這一「人」字入手了。具體說來，那時的書店在我是抽象出來的大寫的人，是群體的人；而現在的書店在我則是具體化了的小寫的人，是個體的人。我自己生活的辭書裏，「書店」兩個字正在消失，「我的書店」四個字正變得越來越清晰，越

來越重要。是呵，若不是「我的書店」，別的書店在我生命中有什麼意義？

書店的個性

既然，「我的書店」已經是乃至必須是具體化了的小寫的人、個體的人，那麼我對他的唯一期待便是他不同一般的個性。不錯，書店也像這世上的人，有着令人難忘的個性的實在還是太少，而且越來越少。古人云：人不可無癖。沒有癖好，便是沒有區別於他人的鮮明個性，若不是面目可憎也去嚼蠟般的乏味不遠。誰樂意結交這樣的人，更遑論做朋友以至摯友呢？從前擇書店看其大，現在擇書店看其小。想想從前真如稚嫩的孩子，喜歡熱鬧。其實，那書陣的氣勢、輕緩的音樂、噴香的咖啡、畫廊一般的佈置、勤快的帶着雕刻出來的笑容的店員、快捷的收銀機、電腦儲存可供迅速查閱的速食似千篇一律少有特色的龐大書目跟我有什麼關係？說穿了，那不過是借書的聖名進行的赤裸裸的金錢生意，是越來越豪華的超市，是越來越方便的配餐中心。在那裏愛書人不知不覺戴上了功利的枷鎖。他別無選擇必須向成了商品的書低頭。他必須情願或不情願向世俗的趣味讓步——流行什麼才能撿拾到什

麼。他必須不折不扣把自己愛書者的高貴放下來，成為一個普通意義上的消費者。也許無可避免。但難道這是現代人必須為文明和進步付出的另一代價？我實在懷念那些曾經向我展露出鮮活的個性而今已經消失或正在消失的書店。如果靈魂真是不滅，説不定哪一天我還會在完全不同的地方再一次走進它們。也許是今生，也許是來世。

當年，清華大學校長梅貽琦先生曾對「大學」二字作過堪稱經典的詮釋：大學者，非謂有大樓之謂也，有大師之謂也。此言完全可以移來説清楚「我的書店」四個字的涵義。我想説的原來是：書店非店大之謂也，乃有好書之謂也，雖然後半句中的好書得加上引號，因為所謂「好」不過我自己覺着而已。讀書、獵書的品位本質上説絕對是個人性的，與任何其他人其實無關。品位是個性的精神尋找到的理想居所。世上從不會有兩幢從裏到外一模一樣的品位的居所，因為世上從不存在一模一樣的個性的精神。我踏進的書店説到底也只是對我意味着什麼。

1994，一個下午

1994年它還存在着。至少1994年8月18日下午3時42分的時候它還存在着。因為我的「購書記」

凝固了那一刻。推開位於曼哈頓麥迪遜大道同東74街交會處、上方印了Books & Co.的店門進去，燈光柔暗，像溫馨的夢一般的酒吧，只是墨綠色木架上擺滿了酒一樣醉人的書。未被木架佔領的土黃色牆上掛滿了店主人同作家們的留影。音樂低得蓋不過呼吸聲。

上得二樓，從架上取下布洛赫（Ernst Bloch）的哲學巨編、三卷本的《希望的原理》（*The Principle of Hope*），來到臨街窗前綠色皮沙發坐下。窗外細雨霏霏。店內除了工作人員只有我一個人。布洛赫詩樣的語言、深邃的思想像風中巨浪，一下子把我淹沒在沙發裏。時間凝固了。待聽到店員小姐的聲音才知道書店該關門了。我站起身歉意地笑笑走下樓梯。正要付款卻在小說架上瞥見兩個令我心動的書名。我收回信用卡，快步迎過去，想都沒想就把它們抽出來又一次回到收款台。一部書叫*The Book of Questions,*《問題之書》；一部書叫*The Book of Margins,*《邊緣之書》。有着魔力的書名。著者是個叫雅貝斯（Edmond Jabés）的人。店裏最後一盞燈熄滅了。推開門，我走進了潮濕的夜。這個雅貝斯會帶給我什麼呢？地鐵車門關閉了。地鐵開始瘋狂地衝進時間的隧道。我迫不及待翻開《問題之書》。

門背後是怎麼回事？

書在脫落它的書頁。

書講的是什麼故事？

漸漸注意到尖叫。

我看見教士進來了。

他們是享有特權的讀者。他們三三兩兩地來是把他們的評點告訴我們。

他們碰巧來欣賞它？

他們曾經預見過它。他們準備來面對它。

他們知不知道書中的人物？

他們知道我們的殉道者。

書在哪兒？

就在書中。

你是誰？

我是看房子的。

你從哪兒來？

我一直在遊蕩。

……

是你的魂靈在遊蕩。

我已遊蕩了兩千年。

呵，這如飛馳的地鐵或地鐵外飛馳的夜色一樣無法抵擋的節奏的力量。

我能進來嗎？天已經黑了。

每一個字中都點燃着燭芯。

我能進來嗎？我靈魂的四圍天正黑下來。

我在哪兒？我的世界在哪兒？雅貝斯在這樣一個濕乎乎像淚一樣的暗夜裏發現了我。我放棄任何抵抗，變成他書中一個渺小卻雄心勃勃的字符。從此，每當我靈魂的四圍夜色暗下來，我總會輕叩《問題之書》的大門。「我能進來嗎？天已經黑了。」雅貝斯永遠操着他天啟般的嗓音說，「每一個字中都點燃着燭芯。」

1999年9月16日，背包中帶着《問題之書》準備再次踏進Books & Co.的門。那天也是陰雨。趁着雨水好不容易走到店跟前，上面的招牌卻不見蹤影。從窗外向內望去，裏面已空空如也。疑為整修，卻感到一種不祥。是夜曼哈頓大雨。大水阻車。一無所獲。在34街火車站被困數小時。返家已11時半。大雨依然。倒頭睡去。

六天後，在家附近的書店買到一本名叫《書店》(Bookstore)的精裝書，果真驗證了我那天感到的不祥。書的作者是Lynne Tillman，內容寫的正是Books & Co.的女主人珍奈·華生(Jeannette Watson)和她著名書店的故事。書店於1978年開張，1997年二十世紀將盡的時候歇業。這樣，埃

及出生、長大、後流亡巴黎的猶太思想家、詩人雅貝斯在巴黎去世後第八年的一天，我從偶然購得的一本書中得知，我的一個書店熄滅了它裏面點燃的燭芯。雅貝斯則悄悄地告訴我——其實一個書店生命的個性就在一本書裏，一本每一個字中都點燃着燭芯的書裏。

購書記（選）

1997.2.15 晴、大風

昨返京。一人至西單逛。在慶豐包子鋪食小籠包一屜，炒肝一碗，極適意。在三味書屋購陳原《書和人和我》，三聯1996年3月重印本，403頁，外封雅，集中插圖亦精。流覽書屋，無甚可選。取書付款。步行過天安門，七載未睹，廣場壯闊依舊。至王府井風入松分店購王仲三箋注《周作人詩全編箋注》，學林1996年1月二印，精裝488頁，版式不錯，近來一直努力搜求知堂文字，此為值藏者。又購《生活與博物叢書》（上、下），硬精裝，上海古籍1993年6月一版，印3000部，1766頁。極厭惡此書題，不識貨者只當是市面流行之常識一類。實乃吾國傳統譜錄之集成，收凡涉及花卉果木、禽魚蟲獸、器物珍玩、飲食起居之譜錄140餘種，內容重要。惜裝幀下卷稍差，恐過厚之過。值藏。

晚順路拐進成府路萬聖書園，購《錢歌川文集》（全四卷），精裝，設計莊重典雅。遼寧大學1988年2月第一版，4000餘頁，價廉。金色書

封，美國潘力生題簽，古雅恬靜，正合錢氏之文風，今以此價購此宏編，真一樂事。近逛京城諸書肆，唯萬聖尚存1988年印籍，當謝萬聖知我苦心，乃悟所贈書袋上之印文「燃一炷書香，續一份書緣」實不我欺也。萬聖在成府路街60號。其第一分銷店在六部口北新華街一號北京音樂廳內。此印共1500部，珍貴。

1997.2.16 晴、陽光燦爛

早8點50分起床，翻《錢歌川文集》(一)。明日口語課始。昨見自編教材已印出，紙佳，綠封黑字，題 *Think in American English*(《美語思維》)。不及漱口洗臉，忽思作購書小記，記吾自去年10月4日自美返京迄今所購書籍值藏值記者。六年居美多與漢籍無緣，此番回京又發購漢籍之癮。隨國內經濟起動，書市見火。海淀已有「圖書城」，而左近之萬聖書園及規模、情調均佳之風入松(王煒經理)早已壓過三味書屋，可見風入松入口處之題字：「人，詩意地棲居……」(荷爾德林語)至少已成部分求知者的生存信條。近來新張之美術館東街22號韜奮書店更現代得令人愜意。

與六年前比，國內書籍裝幀有大進步。紙張、印刷亦然。惜大部分仍欠佳。書價之漲已不

是一二倍計了。如三聯版葉靈鳳《讀書隨筆》三卷平裝，新印已達每卷14元左右，三卷近40餘元。而余1988年在京購得之初印本（1988年1月一版）共計7.45元，且印、裝好數倍之多，實值慶幸。全集、文集、全編之類屢見不鮮，惜知堂之全文無有覓處，不知是余之趣味已過時還是政治依舊掛帥。張中行文中提及長沙鍾叔河正力編周作人散文全編，不知何時相遇。思購之另一套《沈從文文集》印裝太劣，無藏之價值，需耐心以待。購柯靈散文集四卷，計《明月天涯》《浮塵小記》《煮字人語》《百年悲歡》，上海遠東1996年7月一版，印8000冊。紙甚佳，裝幀雅致。余尤喜四部書題，頗得空靈之境。柯文淡，余所素喜者。

1997.2.17 晴、風

購香港董橋之《董橋文錄》一冊，四川文藝1996年4月一版，印2萬冊，頗火爆，陳子善編，690頁，平裝，外封素雅。此次返京發現董橋之文可謂大有收穫。書名頁題記如下：「送Bili返美。購扒雞一隻，青島啤酒二瓶與此『文錄』一編於萬聖書園。」董橋正可佐酒。其文精、奇，雖略顯脂粉，歸之散文上品可也。購黃興濤譯編之《辜鴻銘文集》（上、下），平裝，576頁與633

頁，海南出版社1996年10月二印，紙張及裝幀甚佳。有此奇人之奇文在案，正可驅遣獨處之寂寞。辜氏重要著述大致網羅於是編。購(清)俞樾《茶香室叢鈔》(四冊)，軟平裝，1945頁。中華書局1995年二版，收入「學術筆記叢刊」。吾喜「茶香室」之名。大學時嘗讀其《春在堂隨筆》。

下午五點乘車至琉璃廠中國書店購《香豔叢書》一部，五厚冊，精裝，人民文學1994年2月天津二印，1992年8月北京初版。此書共20集80卷，(清)蟲天子輯，實名張廷華。是編集隋至晚清間有關女性和豔情之各種文體作品，收書335種。此書初印於宣統元年至三年，由上海國學扶輪社三次排印出版，此為該版影印。嘗讀陳東原《中國婦女生活史》見其引《香蓮品藻》，頗奇之。久思其書，今得此全編，真解吾求知之渴。硬封綠色，古干題簽，頗有香豔之味。珍藏之。

1997.2.22 晴

上口語課。下午三點劉鋒兄來寓，與談招聘教員事，允幫忙。與其小飲啤酒三瓶並菜。晚讀陸鍵東《陳寅恪的最後二十年》前四章。隨意翻檢雜書。

1997.3.5 晴‧暖

昨始在北大泳館游泳。購泳褲、帽及水鏡。泳場人多。此後得空當多遊以健體。過北大出版社書店，見店甚冷清，搜索書架得書一冊。楊周翰著《十七世紀英國文學》，平裝，1996年7月二版，共326頁，收入「北大名家名著文叢」系列。燕園執教期間嘗購此書初版，細讀一過，頗感其文簡而內蘊豐富。

80年代求學北大英語系時，雖未成先生足下門生，然亦時常聆聽先生歐洲文學史及比較文學研究講座。先生輕柔之牛津英語娓娓道來，如和風如細雨，儒雅風範隨出。憶嘗至其中關園寓所代三聯「現代西方學術文庫」及「新知譯叢」編輯部送書給先生，見滿室樸雅，內藏之書頗富。時見先生着中式棉襖靜倚南窗下沙發椅中，神態和藹絕無凌人之氣。1989年聞先生患淋巴癌入院，竟一臥未起，不久即仙去。頗哀。《讀書》嘗載韓敏中、盛寧一文，中記先生自醫院回家短休，睹書房新製全套書架，感慨萬端曰：而今書架齊備了可人也讀不動了。愛書者心境悲涼盡出。

今再購二版以念先生。選書時見二版書前有先生彩照一幀，更覺必購。待歸家細翻，精擇之冊照片頁竟是空白。嗚呼！世以我嘗睹先生真

容而酬我以想像耶?!不調換也罷,倒是一種趣味。談英詩不可不讀王佐良先生,談英國文學史不可不讀楊周翰先生。先生寫法自然、文意綿密、視角選材獨到,足冠時下散文熱,而其深厚的文化功力垂世矣。知此書獲「全國首屆外國文學研究(譯著)」一等獎及「國家教委首屆人文科學研究文學」一等獎。當之無愧!

1997.3.7 微風、暖

在風入松購章含之《我與喬冠華》,平裝,中國青年1996年12月第五印,初版於1994年3月。印數已達148000冊。355頁。封面有喬冠華、章含之頭像,章含之題字,中收悼喬之文八篇及喬身世自述,馮亦代序。序曰:「含之的文章是篇稀世的純情文字。」章氏二篇,「我與冠華」「誰說草木不通情」,情之切,筆力之動人催人淚下。後篇尤為空靈,足稱「稀世」之文。自中關村街上開讀至新東方辦公室續讀,更於回寓所車上讀之,難以釋卷。近讀國人悼友之文,此為第一催淚之作。廢茶飯,深夜亦讀之。卒讀。

人貴在情真,情真才能意切,意切方能有動人之文。時下明星操筆為文正如火之燎原,一發不可收拾。然讀諸文,與章文相形之下,不免味如嚼蠟。蓋至文不僅在文,一如「大音希聲」

也。無深刻之人生歷驗，情浮性淺，無思想之議論流於泛泛，而大多又以並無大意之生平鋪襯且偶灑性愛佐料，徒招徠追星之族。高尚之文可以養性，而庸俗之作也許可以反過來提高品味。擇好易而判劣難。正如鑒畫，真功夫在於判劣。

1997.3.12 微雨

至香山上課五小時。逢第一場春雨。清新撲面好不愜意。中午同老俞(俞敏洪)午餐於北安河餐館，甚飽，午休半小時。坐車回寓所。晚於街攤食肉包半斤。騎車至北體泳館，游泳一小時。泳道長50米，人不算多，好去處。翻閒書，品茗，聽古典樂。讀鍾叔河《書前書後》。文多短簡，然具韻味，顯然受知堂影響。此書海南出版社1996年5月二印，初版於1992年10月。中多涉及知堂及近人游海文字。窄版藍封，頗雅致。

1997.3.16 晴、微寒

課畢至海淀二酉堂購(晉)陶潛著、龔斌校箋之《陶淵明集校箋》，精裝580頁，上海古籍1996年12月一版，此版僅印2000冊。收入「中國古典文學叢書」。是集除箋注外，另有集評附於每卷之尾。附錄亦甚全備，是一良本。吾在美寓所書房中掛一木製工藝品，上有陶句：「結廬在人

境，不聞車馬喧，問君何能爾，心遠地自偏。」
何等瀟灑之意境。陶潛實宜多讀，以擴吾胸懷與
意趣。近日忽傾心於古籍，尤詩詞。此精神需曠
遠之食糧歟?!

1997.3.28 溫、晴

騎車至學校。路見樹梢泛綠，暖風迎人，知
春已至。無課。晨十時起。讀梁實秋悼亡妻季淑
之文「槐園夢憶」。文長70頁。舍午飯而耽讀。
文之難釋可知。梁文簡樸之至，悲情力透紙背。
大音希聲，大哀則無哀。此文可證之。北大畢業
時選英詩人華茲華斯（Wordsworth）之露茜組詩
（Lucy Poems）加以研究撰為畢業論文。華氏追念
露茜之情狀可以模擬。英諺云「靜水深流」，吾
信之。梁氏文字吾已有《雅舍小品全集》。聽傅
聰彈蕭邦夜曲集。

1997.4.1 陰、雨

鎮日無事。睡遲。拉開窗簾見室外陰雨，樓
下白玉蘭盛放。讀《歌德談話錄》。聽Grofé《大
峽谷組曲》。明日上香山。

1997.4.2 陰、雨

香山授課。課間散步見雨後山景。遠方薄霧

縹緲，柔擁春山。黃白諸花盛放。松色漸翠。空氣沁人心脾。午休時於庭院朗誦英美兒童詩20首，頗得心境澄明之意趣。晚讀許淵沖師所譯之莫泊桑《水上》。驚歎莫氏對海風描寫之細微。

1997.4.4 晴

在二酉堂購(英)菲爾丁《棄兒湯姆‧鍾斯史》，張谷若譯，上海譯文1995年10月三印，1438頁，珍藏版，金外套封。張氏譯文典雅，趣味橫生，無愧於菲爾丁。張氏譯筆之傳神韻勝於人民文學版之蕭乾譯本。後者信則信矣，然文采略輸。讀張譯尤賞歎其長註腳，多為涉及英國文化習俗之妙文。譯者心得如此，讀其譯述增吾知識。想起英國理查‧伯頓之名譯《天方夜譚》之註腳。讀是譯吾心坦然、泰然。老輩譯家專選摯愛之作品、作家，數十載磨一譯而沉潛把玩樂此不疲，比之今日「快刀」譯手，「乳臭未乾」譯者真乃天上地下。讀時下「快手」之譯，往往意尚未達，況文采傳神乎?! 張譯足令此輩汗顏。讀名著必讀名譯。如無名譯寧可不讀名著。此為尊重知識，尊重品味。

1997.4.8

昨日口語課結束。下午至燈市口觀七點人藝

新劇《魚人》。林兆華導演，票20元。東四進小吃。精神與肉體均愜意。況在人藝院內愛知書店購得《豐子愷文集》7卷本，精裝，黑套封，以豐氏漫畫及字為飾。典雅之至，古趣盎然。浙江文藝出版社1996年9月二印，初版於1992年6月。近日頗思重讀豐氏之文，忽於無意間得此編，真歎書與我有緣也。珍愛之。近來購書舊癮頻發，應適當加以控制。何處可覓戒書癮之良方?! 今日午後與老俞、小楊駕車遊延慶、昌平等。至十三陵觀動感電影，頗類過山車之驚險。觀水族館，魚多豔麗入目。車行於盤山路，山側桃花簇簇，遠望如未融之積雪。晚返校，在學校食堂吃水餃。歸甚晚。

1997.4.14 晴

上午課。中午與老俞、老杜至圓明園乘划艇兜風。於園中川味小吃店進點心，味地道。晚至體院游泳1000米。歸寓。今日始譯惠京嘉之名著《中世紀的秋天》。用芝加哥新版。

1997.4.23 暖、晴

在風入松購趙蘿蕤之譯集《荒原》，平裝，中國工人出版社1995年11月一版二印。裝幀淡雅，紙質佳。收入「中國翻譯名家自選集」。名

家名譯足以解渴。北大求學時於當時西語系聽趙師講座，得睹師之風采。講座時趙師屢言：You are so young。鼓勵至今未忘。然眨眼已見吾生華髮。時光流逝可歎。嘗聞傳言：謂趙師每有名譯脫手，時必神情恍惚。若近無譯著問世，時必思清語楚。若是，真譯家化境也。知先生居城東美術館街。

1997.5.20 陰、涼風

昨晚與老俞、小平(徐小平)等至凱賓斯基飲啤酒。味極鮮。坐於庭院中涼篷下。皓月當空，涼風入懷，甚愜意。夜半始歸。今於風入松購《郁達夫文集》(1至12冊)，平裝。價甚廉，蓋為三聯‧花城1991年5月二印版。裝潢不差，以九折購。海上陳子善等編輯，收編頗全備。又購《沈從文文集》(1至12冊)，平裝，花城‧三聯1992年5月三印。版不佳，不大理想。然久有再讀沈文之慾望，先購此編解渴，佳版恐待日後。以此裝印局促之版收先生之美文，實是一大諷刺。所幸者，大家之文僅憑文傳，其境味之深厚不因外觀而淹沒。英諺「勿以穿戴定人」，其是之謂乎？沈文與知堂之文何境遇如是?! 悲哉。

購吳宓《文學與人生》。收入「清華文叢」，錢鍾書題署，王岷源師、李賦寧師譯注。

清華大學1996年10月三印，平裝254頁。在海淀攤上購stuffed animal小黃狗及灰色樹熊母子相擁各一，價廉。入書櫥，憨態可掬。

1997.5.23 晴‧微風

上午遲起。下午授課。課畢，於食堂吃炸醬麵一大碗。近日一直沒胃口，故覺甚香。過清華園，於南門口書販手中購《圍城》一冊，見錯別字頗多，盜版無疑，擲之垃圾堆，以泄吾對盜版之憤懣。盜版之風不煞，何有創造力市場?!盜版無異於知識之謀殺，當定大罪。

晚至體院游泳一小時，甚暢。歸聽蕭邦夜曲。開讀張紫葛《心香淚酒祭吳宓》。此書與事實相符否有爭議，但不妨礙閱讀之趣味。第72頁記著者中秋與吳宓逛舊書鋪選書甚有趣。且知吳宓素以醋代酒，「舉杯如儀，卻並不喝。直到進餐已畢，才將這一酒杯醋緩緩一氣吸完」（第75頁）。記「閬中饅頭」及品嘗亦有趣(同頁)。以文體言，張氏乃大手筆，言簡而意境畢現，鋪敘平淡、悠然。第77頁記中秋賞月：「開始賞月。除了大小月餅，還有上等合川桃片、江津米花糖，這天月亮很好，皎潔光燦，瑩瑩於碧空銀河之中。她越到中天越顯得晶瑩欲翔。我們三個不約而同，靠在躺椅上，仰望嬋娟。」筆淡而境出。

讀至第82頁，甚難釋卷。無奈明日9時課程，現已午夜11時。讀是書後記知此老身世坎坷亦令人心碎。上床輾轉，了無睡意。繼而臥讀至第135頁。錶針指向1時30分。必睡。

1997.6.19 下午陰雨

下午課畢。忽烏雲驟聚，昏天暗地。暴雨至。見冰雹如彈珠。二三時雨過風止。暑熱稍息。晚課畢，騎車歸寓，路購西瓜一。下午趁避雨至風入松購(南唐)釋靜、釋筠編撰之《祖堂集》，精裝458頁。繁體字橫排點校本，嶽麓書社1996年6月一版一印，3000冊印數。此為「佛教系譜，自古代七佛，二十七尊者迄唐代諸方法要……諸聖異言，群英散說，均可通覽。實中國禪宗最早之史書」。是書又以九世漢語彙白話體寫成，對漢語白話發展史、禪宗史、乃至文化史均有價值。此為首次點校本。又購徐梵澄譯尼采《蘇魯支語錄》精裝本一部。值藏。

1997.6.23 悶熱

上午課畢。騎車至雙安，於五層食府食午餐。揚州餛飩套餐中有肉包二、肉火燒一、拌黃瓜及清湯餛飩一，甚愜意。乘車至韜奮書店，為其昨日張貼之《蒙田隨筆全集》首發式廣告所

召。然昨日誤讀以為今日。悵惘中恐白跑，急攔服務生，告之為此法國老頭散文集吾昨今二度空跑，不求見首發式，唯願購書一套。是時，尚不知譯者何人、出版者何家。然忖其首發於韜奮，必不致令人失望。

　　服務生感吾心之誠，進庫數分鐘，返歸持一套三卷精裝本示余。初翻即眼亮。果不然，譯林版。潘麗珍等名家譯。馮憶南設計之外封莊重、凝練。選紙類布紋，黑與暗黃相間。書題以銀色出。書名凸出。「譯林」社標縮小至甚微。古色古香，不忍下手翻檢。內封取蒙田氏法文書影環襯、字取橘黃，書味溢出。紙潔字黑，字體合度。此為回國後購新籍最為震撼者。注為「典藏」本，不我欺也。卷前有蒙田氏彩像一幅，墊之以孟德斯鳩氏之名言：「在大多數作品中，我看到了寫書的人；在本書中，我看到了思想的人。」譯林1996年12月一版一印，印數15000套。今日頂烈日不枉韜奮此行。雖汗流不止，心中卻如飲冰水矣。蒙田老者有知，會對吾類書蟲一笑否？！

1997.11.11

　　在萬聖購(美)梭羅《瓦爾登湖》，硬精裝，上海譯文1997年7月一版，308頁。徐遲譯。大學期間，弟自長沙購徐譯一冊，係香港豎排本，極

喜譯筆。今購此版以期重溫大家之譯。徐先生已成古人，然心血之著譯必萬世長存。近日愈傾心於名作名譯之重讀與搜求，蓋人生之完美追求於斯呈現也。可歎者，名譯手日漸凋零，值此人慾橫流，心心浮躁之時，傅雷輩吾向何方尋覓 ?!

1997.12.1

昨日晨至午飄第一場冬雪。上午至白樓授課。望窗外瑞雪紛揚，樹裹銀裝。知來年之好氣象。晚冒風寒搭車至萬聖書園，購(智利)聶魯達之《漫歌》，江之水、林之木譯，平裝705頁，雲南人民出版社1995年10月一印。吾極喜聶之豪放、博大與語言之精到。北大執教時，以其《歌集》(王央樂譯本)消遣，頗抒鬱積。此為從原文直譯來之「詩歌總集」。雪夜購此不免心潮澎湃。快哉！

1998.4.8

購斯皮勒(R. E. Spiller)之《美國文學的週期》，王長榮譯，硬精裝282頁，上海外語教育出版社1996年3月二印。購此漢譯實為紀念大學之記憶。北大臨畢業，我和劉江(時任大班長)動員全班50人為畢業留份紀念。從陶潔教授處得薦此書英文本 *The Cycle of American Literature*。遂促全班50

人力譯之，旬月匯總譯稿至劉江處並與唐小兵（現芝加哥大學東亞系副教授）等總校一過。當時定譯稿名為「美國文學的循環」。惜出版無望，集體之勞作遂付東流。然當時全體晝夜兼程奮力拼搏之景依稀目前，成為北大寒窗四載之見證。

1998.4.22 陰似將雨

近日溫熱達25攝氏度，頗有夏已來臨之感。諸班此週結課，返美前唯剩一班。至國林風購書前，先在北大南門側口腔診所洗牙拋光歷半時餘，花95元。口覺清爽許多。今後當每隔半載清洗以保齒潔與牢固。在美洗牙一次少則亦需美金50。換口語課教師。

購周振甫主編之《散文寫作藝術指要》，硬精裝，東方出版社1997年4月一版，印5000冊，1777頁。收古今中外名文151篇，大家評析文320篇。「從具體分析作品的過程中，歸納出散文寫作的藝術筆法。」附十餘篇專家、學人談散文之作。重要參考書。又購（清）王闓運《湘綺樓日記》（1–5卷），硬精裝，印佳。嶽麓書社1997年7月一版，印3000冊。繁體豎排計3438頁。250餘萬字，可謂巨編。與前些時購得其詩文集成合璧。甚樂。又購鍾敬文等編之「讀書文叢」，平裝。收書四冊，計《書苑雅奏》《書林獨步》《書人

心語》《書齋漫話》，友誼出版公司1998年1月一版。

　　近日談書之文頗火，各種以「書話」為題之叢書紛紛出籠。然吾竊思之，非所有談書之文均可納入「書話」範疇。「書話」非涉及書籍之散文之謂，實乃紙背力透愛書之情、之趣、之奇、之妙、之書味濃郁者。時下諸多「書話」之作，徒具「書話」形骸，中乏書情、書魂，有知無識，有識無趣者居多。此因「書話」走俏市場之後遺症耶?! 入流之「書話」需平心靜氣、細斟慢品而後可得。故雖落為文字，終當如飽學之士茶餘飯後之閒聊，情動於中，發為聲則如行雲如流水。今人書話吾喜施康強者。亦喜其譯筆之功力。其「書話」吾已有二冊：《都市的茶客》，遼寧教育1995年3月一版，平裝245頁。《第二壺茶——施康強書話》，浙江人民1997年7月一版，平裝284頁。

1998.10.20

　　在國林風購李一氓《存在集‧續編》，三聯1998年八版。平裝419頁。豎排繁體，雅潔。李文有大氣。在萬聖購《黃裳文集》(全六冊)，300餘萬字。黃氏之文收集齊備。雖平裝，然印本紙潔字大，封面設計雅潔。藏書家黃氏之文，尤其書

話之作，吾素喜愛，今購文集珍藏之。近見《董鼎山文集》二冊，其裝訂寒碜，慘不忍睹，遂無購之之慾望。三聯、中華之書多類此。出版大家竟對自己書之外觀如此「大度」，真真令人費解。雖英諺云「不可以外觀斷書」，然好書非得襤褸其身?! 裝印者實可詛咒。

1998.12.6

上午10時左右忽降大雪，此今年入冬第二場也。地凍。晚5點課畢開車至萬聖，從書桌上搜得《金岳霖的回憶與回憶金岳霖》，硬精裝，四川教育出版社1995年7月一版，印2000冊。前半部收金老回憶文100頁，情趣盎然。至小酒館。食醬鴨肫、熏豆乾絲各一碟，啤酒一瓶。食時並讀，甚開胃。金文大有英人宴談(table-talk)之風格。寫來至情至性，真大手筆寫小文，文小而文不小。

1999.5.19

春已深。綠色漸熟。返美機票已到。忙亂無暇，雖無大塊時間暢讀，搜書之嗜難棄。近又購多冊。望一室之空間漸為眾書所侵佔，真不知接下來如何。在國林風購梁實秋《雅舍札記》《雅舍情書》，均平裝，文化藝術出版社1999年5月一印，各300餘頁。晨6時入廁，讀《情書》60頁，

難釋手。「至情」寫來淡淡，情味充盈，大手筆。吾廁中讀梁氏《情書》，人將謂不雅以至褻瀆乎?!古希臘亞里士多德謂「悲劇」之功效在予人之心靈以「淨化」。「淨化」一詞katharsis正謂人排泄後所體驗之快感也。知此，當知吾國古人「三上」讀書之一之「如廁」耽讀深刻也。

2001.5.4 晴、暖

下午兩點半乘加拿大航班自溫哥華抵京。此次與老俞、小平、老杜赴華盛頓實為同ETS談判。5月2日華盛頓天氣晴好，趁閑共遊國會山、最高法院、華盛頓紀念碑、林肯紀念堂、阿靈頓公墓。歎美國之強大，浮想聯翩。下午一人逛新舊書店，頗有所得：

在Borders和Barnes & Noble購企鵝版《企鵝二十世紀名作選》（*Penguin Great Books of the 20th Century*）15冊，大32開，平裝毛邊，裝幀大氣，選入書極精。購列奧‧施特勞斯(Leo Strauss)著作七種，皆平裝新印。此次急購施氏著作全因攜《啟示與理性》（中國社科2001年3月一版）在飛機中閱讀過癮的結果。施氏乃本世紀大思想家，艾倫‧布魯姆之師，伯林之敵手，不可放過，當認真研讀。

走至P街2000號找到Second Story Books舊

書店。該店塑膠書袋上印：Reading Is a Family Affair。可見此處讀書風習深入人心。在店裏流連三小時，以八折購書23種共30冊，得意者如：《紀德日記》（*The Journals of André Gide*），大32開，深藍布面精裝，書品極新，4卷共1638頁，Justin O'Brien譯自法文。Knopf 1949–1951年版。Pisanus Fraxi之《禁書總目》（*Bibliography of Prohibited Books*）。此書大名久聞。今見之版為美國Jack Brussel 1962年版，豪華精裝毛邊，品新，為1877年初版之再印。三大卷計1723頁，真煌煌巨編。尤為難得者在美國情色文學研究大家G. Legman氏之51頁引論。數年來在紐約等地苦苦搜求而未得，今在此得之，真有得來全不費工夫之慨。

2001.9.8 晴

秋氣宜人。8月22日交老俞辭職信。近日登長城，二度登香山，頗覺心情之暢，天地之寬。終於告別office politics。今晨，一喜鵲立於寓所客廳窗外，數秒鐘後即飛去，此為何之徵象？晚於枱燈下，聽書房「野泉」之淙淙，補記年內所購漢籍之值記者：《四庫全書珍本初集》，大16開精裝，120冊，以八五折購自海淀中國書店，遼海2000年9月影印一版。此版紙潔墨黑，裝幀雅致，

可謂影印之善本。此編1934年首印，中多收「珍本」，自然勝過大而駁雜的四庫全帙，何況節省藏書空間。據稱遼海此印歷五年之準備，可謂一絲不苟。郁達夫當年曾在新加坡撰文紹介初版抵獅城。

2001.9.28 微陰

午飯於北大南校門對面之「長征飯莊」，後至萬聖。值此地拆遷，滿目斷垣殘壁。閒情偶寄書吧去也。推虛掩之門探視，四處狼藉，南牆上徒留詩句墨痕，似風乾之淚。院外石徑上以白石塊壓一黃紙，告示云將在五道口新張。雕刻時光尚存，恐亦不久矣。嘗語友人躍剛曰：「此一胡同終將失去記憶。」萬聖亦將遷走。購胡寄塵編《小說名畫大觀》(上、中、下)一套以存惜別之念。

2001.10.1 晴

國慶與中秋同日，人謂二十年一遇。天氣大好。在琉璃廠逛一日，購《四部叢刊・三編》一部，上海書店1985–1986年據商務1936年版影印，精裝76冊，硬紙匣套裝。正、續編亦當盡快搜求，恐已難覓。在印章店刻藏書石章一枚，陽文：「鹿城王氏珍藏」。

又閒章一枚，陽文：「鹿廬主人過目一

樂」。吾生長於內蒙古包頭，蒙語中包頭意謂
「鹿到過的地方」。另，命吾書室為「鹿廬」，
實因書房外陽光茶室「野泉」旁置舊車大軸輪所
製古色古香之可旋轉茶桌一張，廬者正諧「軲
轆」。為所購新籍蓋藏印至晨一時方睡。

2001.10.5 晴

三日抵杭州至浙大講座。與老杜逛明宅古物
市場。以550元購竹刻百壽字一幅；「筆勤：筆驚
風雨，紙吐雲煙」一幅；「茶：一壺得真趣，七
碗受至味」一幅。竹色溫潤，刻工精細，雖非古
董，然亦難得。

2001.11.18 晴

天津講座。至和平路古籍書店。店在陋巷
內，若不費力恐難找到。昏暗中推玻璃門進入，
見架頂上方一摞佈滿灰塵之《說部叢書》，計125
冊，中有林譯小說若干種，雖非全帙，然亦稀
見，心大喜，以1600元購之。計「初集」33種，
「二集」44種。又於文化街之天津古籍書店購
《四部備要》一部，100冊，大16開精裝，中華
1989年3月影印。書品新。此印近已難覓。曾電詢
南京古籍書店知尚存一部，本欲郵購，不意在此
訪到，樂甚。

2001.11.30 晴

本月至海淀中國書店購得《四部叢刊·初編》，上海書店1989年10月影印一版。342冊，褐面精裝。此影印版初編尤為難覓，書價之漲實在超出意料。不得此編不快，只好認宰。好在幾天前於西單圖書城以原價八五折購巴蜀影印版《古今圖書集成》82冊一套，稍可寬慰滴血之心。

2001.12.2 陰

昨至蘭州講演，下午乘飛機返京。一日上午至蘭州市近七里河區之解放門舊書店一逛，見架上有《四部叢刊·續編》30冊，心大喜以為可購全帙，然庫中不存餘冊。店主謂已以每冊20元價零售之。罪過！罪過！購蔡元培序、上海會文堂民國23年3月21版石印之《閱微草堂筆記》（評注）線裝一函十冊。雖非善版，然書品如新，封面有「靄軒志二九、五、十三」墨蹟，又「庚辰年仲夏購於高平」字。為記蘭州此行，購《蘭州古今注》及《敦煌資料叢編三種》，均線裝。後者收敦煌研究大家羅振玉之《敦煌零拾》《流沙訪古記》《敦煌石室遺書》三種，難得。又以極廉之價購上海書店影印舊期刊十九種，甚得意。晚與老俞等至黃河邊散步。明月當天，河水悠悠，恍若置身江南，頗感靈氣。此智者樂水之秘耶？

2001.12.10 晴、冷

昨日在琉璃廠來熏閣訂留《叢書集成・初編》一套，今取書清點時才發現整套中缺少一冊，經理仍堅持不二價。心中不暢，面對殘編只能放棄。開車至燈市口舊書店散心，沮喪中見架頂端一堆紅色硬皮大十六開精裝書，頓覺眼亮，取下大喜過望，乃臺灣新文豐出版公司1985年1月影印初版之《叢書集成・新編》120冊。書品極佳，書面及書脊字體燙金，何等氣勢！八五折購下。晚上一一核查《叢書集成初編目錄》，原來此編為《初編》及「初編未出書」之匯印，只有十幾冊失收，另有數冊補入，失收者多為不常用之冊。塞翁失馬，焉知非福。省錢又省架上存放空間，今日得之真乃天意。

2001.12.15 陰

13日與老俞受邀自京抵港參加聯想聖誕聯誼會，入住九龍Nathan Road之Sheraton海景房。會後返喜來登酒店晤同學王勁律師夫婦。晚睡。14日與老俞乘輪船至Discovery Bay一遊。沙灘頗佳，定是夏日好去處。中心二層有舊書店一，售出多為企鵝平裝舊冊，無一中意。

飯後送老俞去機場。回程困意難熬，竟在shuttle bus上睡着。司機敬業又尊重人，雖車僅載

我一睡客亦不厭其煩駕駛多趟往返。醒來已暮色四合。抱歉後下車行至銅鑼灣Times Square上二層，見有Page One書店，進去購書數冊。見有海上陳子善編《董橋文集》三冊，購之。翻讀才知此編共12卷18冊。當下書渴難抑，遂欲搜全，於是見書店必進，近似地毯式轟炸。在不遠處天地圖書又購六冊。在尖沙咀星光大廈商務圖書中心再得七冊。雙腿打顫，難以挪步，而心願未了。豈可言棄。打車至銅鑼灣，終在駱克道506號一樓之樂文書店配齊剩餘之冊。董橋找得好苦。董橋文字版本已有多種，然吾以為讀香港董橋，港版才屬正味。初次來港，不貪食，不購物，不觀光，見書店就縈，十足書癡一個。

今日仍逛書店，在駱克道見銅鑼灣書店大匾。推門進去，見店主一清瘦男子，鼻樑上架花鏡，自稱林榮基。面雖冷漠，卻透出精明。問有無夏濟安作品，自信走去，麻利回來，拿來夏濟安評注、夏志清校訂之《現代英文選評注》，500頁平裝，臺灣商務1995年10月校訂版二印，難得。書店品味不凡。林老闆真愛書之人，每問及著者和作品均對答如流，在港當算難得之人。閒聊知其此前以批發書為業後轉營書店，常去大陸選書。架上見《思無邪匯寶》1套24冊，大16開精裝，港幣6000元，未購，因恐無法通過海關檢

查。此套極有價值，法國陳慶浩、王秋桂主編，
收明清豔情小說50種，鉛字排印精印，臺灣巨英
國際股份有限公司發行。又《姑妄言》全本十冊
有廣告而無貨。吾何時能得此編？進入書房，林
送目錄一頁，感甚。

　　記至此，夜已十時。腹中空空，擱筆。上街
覓食。街邊進燒鵝飯，甚香。抬頭見燈光如瀉，
月影朦朧。

2003.6.29 陰將雨

　　下午逛琉璃廠來熏閣。本以為空手而歸，將
去時忽見西側架頂擺有《四部叢刊·續編》五
冊，初以為殘編，還是心存僥倖問問店員。店員
告知此續編82冊齊全，因「非典」清庫始發現，
剛清點完畢上架。書品佳。以八五折購下。至此
上海書店1985年影印之初、續、三編購齊矣。無
望中夢圓，此謂緣份。自2001年海淀購初編起至
今已歷兩載。天酬我心之誠也。民國三大叢書：
《四部叢刊》《四部備要》《叢書集成》及現存
吾國最大類書《古今圖書集成》全部收齊。

2003.7.11 晴、冷

　　在燈市口中國書店購錢仲聯《劍南詩稿校
注》八冊一套，精裝，品新。晚伏案寫「廚煙裏

的大仲馬」，紹介氏之《烹飪大辭典》，交沈公昌文給《萬象》。

2003.12.17 陰、冷

與小平談《新東方精神》改版事。在新街口中國書店，購錢仲聯主編《清詩紀事》一套(22冊)，精裝，江蘇古籍1987年2月–1989年7月一版，印數2000冊。吾搜求此書有年，各地書店均未得見。今從架頂塵封中覓得，心喜難以言表。月初，在琉璃廠來熏閣購《歷代筆記小說集成》，河北教育出版社一版，共120巨冊。惜缺一、二、三冊，即「漢魏」及「唐」卷。此店只有「清代」部分，配齊無望。憶起天津古籍書店見有完整一套，待何時赴津門試試運氣。此套選善本為底本影印，印裝品質頗佳，值藏。

2004.3.1 晴

昨逛琉璃廠松筠閣。購(清)朱東樵《本草詩箋》，線裝4冊，廣陵古籍1988年3月一版一刷。64元。難得。架上有3套，選一套品相佳者。書凡十卷，將常見藥物以七絕、七律體詠為詩歌，可賞也。張充和《張充和小楷》平裝大16開，53頁，重慶出版社2002年6月一版。張乃耶魯大學漢學名家傅漢思之妻。傅著有《梅花與宮女》，

闡釋中國古詩視點頗新。北大執教時嘗試譯第三章，欲收入三聯「新知文庫」，終未竟。在紐約Strand見原版，待他日必購。

晚為許淵沖師出譯詩全集事赴郝明義兄首都飯店宴。席間郝兄持贈G. Legman之*Love and Death*一冊，1949年紐約Breaking Point版，95頁，外封黑底紅字，極可愛。上次京倫飯店宴集偶提此著，告之十餘年遍求不獲。今美食之間得此饋贈，能不大喜耶?! 珍藏之。沈公昌文贈《閣樓人語》及遼教新版《傅雷全集》(20卷)、《呂叔湘全集》(19卷)。感甚。

2004.3.2 晴

去天津參加新東方「萬人英語大講座」新聞發佈會。晚赴廊坊參加實用英語學院開學典禮。下午離津前至第三文化宮舊書市場逛，搜得舊書若干冊。葛傳槼編《現代英文選注》，上海競文書局1936平版。此冊為第一卷。210頁。嘗聞葛氏自學英語成材，成為復旦英文名教授，編有《英語慣用法詞典》一書，影響一、二代英文學習者，吾亦從中受益。且聞氏以己之英文造詣竟發現富勒(H. W. Fowler)《現代英語用法辭典》(*Dictionary of Modern English Usage*)一書之瑕疵，不知確否。然於地攤上搜獲之此編中正收富勒氏回

信一通，知確有此事，雖然從信中文字看難以斷定其向富勒氏進言之價值，富勒氏只是泛泛鳴謝而已。謝大任、徐燕謀《現代英文選》一冊。上海龍門書局1947年7月增訂版。此編極有價值者為卷首錢鍾書先生1946年7月14日於海上為之作的英文序，錢先生各版文集未收。

2004.3.16 晴

在隆福寺中國書店購《歷代筆記小說彙編‧唐人筆記小說》二冊，16開綠皮精裝，品新。周光培主編。遼沈書社1990年一版。雖版式不同實為前購河北教育版《歷代筆記小說集成》中缺之二、三兩冊。此套尚需一冊方成全璧。

2004.3.18 晴

中午至海淀中國書店。購(明)傅山《霜紅龕集》線裝一函八冊。品極佳。文物出版社1992年12月木板景民國12年5月陽曲第一高等小學校刊印本。傅山吾數年苦求不得，今隔玻璃櫃見之，難抑心跳。1992年原價為948元，今以425元得之，真天賜也。

2004.11.19 晴、暖

自重慶飛抵上海。下午講座前至福州路一

逛。在古籍書店對面上海文化商廈二樓折扣書店購《毛澤東評點詩詞曲精選》(上、下)。精，大32開，品新，影印本。《毛澤東評點二十四史》(評文全本)五冊，軟精，影印本。《毛澤東評點智囊》(全三冊)。此為智囊全本影印，有價值。吾素厭讀書購書跟風。然今購毛氏手批影印本實出窺思想者心路之動機。至於借毛氏之名而將其藏書豪華商品化，吾不願以一錢媚之，既無「金版限藏」之暴發心態，亦無「宣紙古董」之收藏怪癖。以人民幣160元購此三種十冊影印本，吾心足矣。購章克標《九十自述》一冊。

數位化時代的閱讀

主持人[1]：從以前單純的紙質閱讀到現在的網上閱讀，從過去的只能現場購物到如今的網上購物，從過去世界上發生重要事件隔時段的內容轉播到伊拉克戰爭首次全球同步即時直播報導，可以說現在大家都已經意識到時代的變化，您能簡單介紹一下這個新時代的本質，以及隨之而來的對閱讀產生的影響嗎？

王強：談到我們這個時代，不得不談到三個人。第一位是美國著名的未來學家阿爾文·托夫勒（Alvin Toffler）。他的《權力的轉移》（*Power Shift*）簡明扼要而又直觀地勾勒了人類文明的發展軌跡，卻比很多史學家長篇累牘的論斷更到位。他說，人類獲取資源的最重要方式存在過三種樣式，可以分別由三個M代表。在人類文明最初的階段，誰有力量誰就能夠獲取資源，這裏的第一個M代表的就是Muscles（肌肉），所以那時戰爭是獲取資源的最重要的手段；隨着人類文明的推演，有資本就可以壟

1　《中國圖書評論》雜誌專訪，主持人為王珊珊。

斷資源，第二個M代表的就是Money(金錢)，那時有錢就意味着可以擁有一切；到了二十世紀70年代，一些日漸突出的特徵表明人類文明進入了全新的時代，這第三個M代表的就是Mind(智慧、大腦)，人們意識到依靠自己的大腦和智慧會創造出難以想像的資源來。這就解釋了我們為什麼要不斷接受教育、不斷投資學習的問題。

另一位是二十世紀最重要的思想家之一——麥克盧漢(M. McLuhan)。他的《理解媒介》(*Understanding Media*)對我們瞭解這個時代的本質，有着革命性甚至預言性的重要意義，書中第一次詳盡剖析了電子化的各種存在形式。

第三位是尼葛洛龐帝(Nicholas Negroponte)。他的《數位化生存》(*Being Digital*)第一次從科學家、工程學家的角度，告訴了我們數字文化最基本的表徵和它的本質構成。如果讀透這幾本書，對我們置身的這個時代就會有比較深刻的瞭解。

假如可以宏觀地把人類文明分為前電子時代、電子時代、後電子時代，如果説前電子時代的工業革命延展了人的四肢，那麼以電腦、生命科學和網絡為主體的電子時代則第一次真正延伸了人的大腦。世紀之交，任何一種新的

發明和技術都是人的肢體或中樞神經系統的延伸，都將反過來影響人的生活、思維、學習。這樣，閱讀也在本質上發生了變化。區別於狹義的、傳統紙質書頁形態的閱讀，數位化時代的閱讀應從更寬泛的角度來理解。數位化時代的閱讀實際應視為是我們今天如何有效地獲取信息、獲取知識的方式的總和。而現在獵取所需要信息的有效途徑基本上是通過上網流覽。我們第一次體驗到了網絡時代我們所置身的信息的汪洋。現在任何一個做學問的人，或者想通過獲取信息為自己服務的人，如果不接觸電子化的手段，不熟悉網絡所提供的日新月異的種種工具，就已經遠遠落伍了。

深度的閱讀革命

主持人：網上閱讀，對傳統的閱讀來說，是一個不小的衝擊。您覺得數位化時代的閱讀方式與以往有什麼不同？

王強：現在的閱讀方式與以往有很大的不同。我們最早讀的線裝書代表了傳統文化非常典型的閱讀方式，從右往左讀，從上往下讀；後來，受到西學的影響，書的形式有了革命性的改觀，西方的橫向印刷帶來橫向閱讀這一閱讀習

慣的大改變。雖然是從縱向到橫向的演變，但是從視覺運動規律的角度講，橫向閱讀相較於縱向閱讀，吸收信息的速度至少要快一倍。但是此時的文化知識文本單一，人的大腦只是記憶體。網絡時代的來臨，超文字鏈接的使用，使現在的閱讀像迎面不斷開啟一扇一扇的門一樣，在許多你可能感興趣的地方都設有新的鏈接，可以開啟新一扇門，可以直接獲取你所感興趣的深度信息。以往則要等你讀完所有信息後才會發現你感興趣的東西。這是一次即時、深度的閱讀革命。

主持人：我們的生活越來越離不開網絡，人們一有閒暇時間就會漫無目的地上網，在知識爆炸的今天，信息鋪天蓋地而來，那麼你覺得我們閱讀究竟要讀什麼？

王強：當電腦和網絡給我們提供了前所未有的工具，把各種信息同時擺在我們面前時，知識已經趨於民主化、個人化、即時化了。別人讀什麼書，對你來說已經沒有太大意義。即使昨天對一個人有用的東西，今天對另一個人可能就沒有用了。對你有沒有用是衡量你的閱讀是否有價值的關鍵。和過去大腦充當知識記憶體的時代不同，不是知識獲得多了，就一定有用。所以在我看來，能夠使用有效的工具，尋找到

你所感興趣的或者需要的信息，或者按照興趣和需要組裝加工，像做速食一樣，即時拼出你所需要的信息，才是數位化時代的知識。

關於讀什麼，具體來說，首先，要瞭解電腦，要瞭解網絡為我們獲取信息帶來的方便究竟有哪些。其次，應讀些工具類的、前沿類的、有新的信息同時又很重要的圖書。第三，在你的知識庫裏要建立感興趣的知識網站，也可以建立一個類似書籤的東西，那裏記錄了你最常去的網站，同時也記錄了你的生活、情感各方面最需要從這些地方獲得信息。

全新的知識地圖

主持人：有人說數字化閱讀[2]很難完全改變傳統的閱讀方式，因為目前每年仍有數十萬的紙質出版物出版。但數位化閱讀又是一種必然趨

2　我認為，將「數字化」譯為「數碼化」或「數位化」較妥，因為「0」和「1」不僅是「數字」，它們更代表著電腦的基石二進位的唯一兩個基礎符碼。所謂「數位化」其實指的是電腦將各類性質的信息依據「0」和「1」這兩個(也即全部)基本符碼存儲、編排、傳輸。與本文無關但值得商榷的另一電腦術語是「菜單」。照理，將英文的"menu"譯為「功能選項」更精準，歐美人斷不會面對電腦生出「點菜」的聯想。當然令人鼓舞的是，「電腦」這一漢譯卻有著超時代的犀利精準，既跨越了"computer"的「計算」階段，也跨越了它的「信息處理」階段，一步直指它逼近人的大腦的發展未來。

勢，那麼為了適應數位化時代的需要，有哪些傳統的獲取知識的方式，即閱讀方式要改變？

王強：這個問題提得很好，也是我們今天談話的重點，我想多用點篇幅來談談這個問題。

首先，我們必須意識到一個人對時間、空間的認識，會直接影響到他獲取知識的各個方面。過去我們做學問，讀經史子集，主張從一個字、一個詞的含義一步步來理解文本，結果反而離文義越來越遠，離人生越來越遠。過去我們是帶着像看細菌一樣的顯微鏡來做學問，而現在我們需要帶着高倍的望遠鏡去看太空了。時空觀完全不同了。

其次，獲取知識的方式與以前的提倡先專精、追求深度再廣博相反，現在應提倡先廣博、後專深，要先眼觀六路、耳聽八方，在獲取大量信息後再談深入的問題。我以前常常鄙視速食文化，比如名著縮寫、名著改寫之類，覺得那是糟蹋文化。可現在我倒開始同情地理解速食文化了，因為這樣讀一部小書就能知道許多部名著的大概內容，等到需要的時候，就可以再作深度的開發了。以前是我要學什麼，現在要學會我不學什麼。學會不學什麼的人才是真會學習的人。

第三，數位化時代的本質是速度。做事、閱

讀，包括涉獵一些梗概性的知識信息，速度是核心。獲取信息的速度一定要快，要捷足先登。什麼是機會？在信息稍縱即逝的情況下，靠感覺能夠迅速把握住的就是機會。沒有太多的時間讓你作理性分析，等待你判斷。看到一個機會，你不去抓就永遠沒這個機會了。舉個例子，我當年剛到貝爾的時候，見到老闆辦公室牆上的是一年期(12個月)的掛曆，每個月上面都寫着計劃；第二年，我發現老闆定做的掛曆變成半年了，只有1–6月，後來我知道IT市場競爭必須呼喚速度，從專案經理有想法到產品走上市場，如果晚於六個月上市就意味着失敗。當1996年我要離開貝爾時，我突然發現老闆的掛曆又變成了三個月。我就問老闆，六個月難道還不夠嗎？他說，現在的競爭、市場以及開發加在一起，只給我們三個月的時間。三個月產品不能誕生就算胎死腹中。數位化時代給我們的第一個質感就像乘坐子彈列車，唰地就過去了，我們沒法看清窗子外的究竟。在這種情況下，如果我們沒有養成特別快速的流覽能力、思考能力、即時性的創造能力，靠什麼來支持我們在這個時代的生存？

第四，在這個時代我們應當呼喚閱讀心態的寬容，就是要接受相對主義的知識觀。前電子

時代的時代印痕是「絕對」，而今天電子時代的時代印痕是「相對」。掌握了相對主義的對情境的理解，就會對知識產生一種前所未有的寬容和多樣化的理解。寬容也會導致對現在以及未來人的所有生存形式的尊重，這是以前的時代無法帶給我們的。在數位化時代萬變不離其宗的仍是知識的內容和含量，對你有沒有用就是衡量這個知識的標準。我非常贊同美國科學史家湯瑪斯·庫恩(Thomas Kuhn)在《科學革命的結構》(*The Structure of Scientific Revolutions*)中的觀點，人類傳統的所有知識的積累不能用一種簡單的進化論的觀點來解釋。可是為什麼科學知識會不斷往前走，不斷推陳出新，他發現是由於人們看待同一課題的「範式」變了，世界觀不同，視角不同了，知識所蘊含的意義也就「進步」了。

第五，進入多媒體時代意味着我們必須適應在同一時間從多方位來構造信息、構築知識的方式。文本、圖像、聲音和影像是多媒體時代的最基本的特點。獲取知識、信息借助圖片、形象，往往要比文字快得多。為什麼現在圖書市場上似乎插圖書越來越熱？不是因為我們進入了讀圖時代，而是因為我們進入了多媒體時代。多媒體時代才使得傳統意義上的文字信息

和也是傳統意義上的圖像、聲音、影像的信息以一種全新的方式和平共處成為可能。

所以我們要在自己的知識結構中為網絡做一個路線圖，或者在腦子裏自己畫一幅「知識地圖」。當新世界和舊世界出現完全不同的面貌時，舊世界的地圖儘管畫得很細緻，可能一點都沒用。讀元朝的北京地圖不能幫你找到你今天想要去的某個餐館。可你能說它不準確嗎？相當準確，可它只對那個過去的時代準確。而現在我們如果不改變閱讀習慣、涉獵知識的視野和方法、掌握日新月異的工具，就相當於我們到了今天的北京城，手裏卻還是拿着元朝的地圖，四處尋找哪兒有茶館、哪兒有卡拉OK、海淀圖書大廈在哪兒一樣愚蠢。對於經歷過非數位化時代，而現在可以享受數位化時代所有產品的人，必須經歷一次脫胎換骨，否則我們必被網絡時代拋棄。

數位時代的得與失

主持人：在電腦這麼發達的今天，很多人文學者有一種末日感，他們擔心家中的那些藏書某一天是否會被一個光碟所取代。針對這種憂慮您是怎麼看的？

王強：在新時代的面前沒必要恐慌。時代和社會就像舞臺一樣，是由前景和後景構成的。比如我們坐在飛馳的火車上，會看到眼前的景物唰地像線一樣掃過去，但往遠些看速度會放慢很多，再往遠看就看清耕牛、遠山以及夕陽下戴着草帽的農夫這樣的詩意了。如果有一天走入圖書館，書都是光碟構成的，甚至有一天隨着移動互聯網越來越成為現實的有機組成部分，更新的信息存儲介質取代了光碟，那麼只不過知識是從書頁的容器流進了光碟的容器裏，再流進更新的存儲介質裏，但實際內容沒有絲毫的改變。抽象意義上的「書」永遠會存在的，就像無論採取什麼形式，「閱讀」都會永遠存在一樣，至於「閱讀」的客體是什麼，內容靠什麼載體來呈現當然是可以改變的。光碟主要承載的是新出現的內容，大量過去的內容仍會主要棲息在傳統的書頁中，就像大量的羊皮卷手稿並不能也不必被光碟及更新的信息存儲介質取代一樣。記住，光碟及更新的信息存儲介質不是「取代」過去，而是代表着從今以後信息的新的生命存在形式。紅極一時的《哈利‧波特》為什麼不以光碟或其他更新的信息存儲介質的形式出現不是值得我們深思嗎？這同時不也是一種安慰嗎？當然也許有一天連我們腦

海中的「圖書館」也將脫胎換骨以一種嶄新的形式出現在世間？

主持人：數位化閱讀的出現為人類上千年的紙質圖書的閱讀經歷帶來了新的體驗，使人們的眼界越來越寬廣。過去要查一幅圖或一段文字要跑遍圖書館，而現在要獲取一條信息，只要滑鼠一點便翩然而至，這些好處大家都能體驗得到，不過事情總是一分為二的，那麼，數位化時代的到來，我們又失掉了什麼呢？

王強：第一，再也沒有像以前體驗的那種綿延的歷史感了。撲面而來的都是即時的信息。大腦的漂泊開始了。

第二，由於速度是這個時代最基本的特徵，人們失去了傳統意義上的耐心。可口可樂總裁曾經說過一句話，他現在最大的困惑就是不知道哪裏還有人不喝可口可樂？可為什麼可口可樂這樣一個世界沒有人不知道的產品，每天還要花大量的金錢來做廣告呢？設想如果可口可樂在中國人的視線中消失一週，也許從此就失去了它在中國乃至亞洲的市場。在世界上失去一秒鐘就有可能意味着失去它百年積累起來的全部。這就是殘酷的現實。

第三，由於寬容，導致了對所謂傳統經典的懷疑和不信服。從前所有主體的體驗和經驗

都是靠世世代代公認的優秀的精神食糧來傳承的，而現在知識不再是官方的、集權的、集體的，而是民間的、民主的、個人的，這對傳統的、權威性的東西產生了前所未有的挑戰和顛覆。

第四，恰恰由於這個時代駛離過去的速度越來越快，人們自然地產生了本能的回望和戀舊。現在老照片、老檔案、老書籍暢銷；許多圖書印成線裝書銷售反而銷得很好。這說明傳統的東西，越在快速發展變化的時代，反而越會帶給人們心理上、情感上溫馨的期待和寧靜的撫慰。

第五，我們對未來似乎失去了方向感。對於未來我們沒有安全感了，人與人之間的關係也發生了質的變化。我們在得與失之間怎麼樣才能找到平衡？不過，話又得說回來，儘管有這麼多缺失或遺憾，但以速度、興趣、個性化為基本特色的數位化閱讀仍然為人們所嚮往和鍾情，並必將為人們所接受和習慣，成為人類生存現實重要的一個部分，因為時代的腳步是任何人也阻擋不了的。